全国语文特级教师推荐书系

我是扬州人

朱自清散文中学生读本

朱自清◎著　李锡琴◎点评

同心出版社

编委会

读书改变人生

书这件东西是专门给懂得精神享受、有精神进取的人准备的。当地球上还没有人类之前，草木自生自灭，鸟兽自来自去，史前世界全靠物质的生态自然调节。自从有了人类，就出现了另外一个调节系统——精神系统。在这个系统里，人们追求的不是吃、穿、住，而是信息、知识、思想、艺术等。而这些精神财富的最主要载体就是图书。

图书有两大作用，一是塑造人，二是为社会传承文化。下面先谈谈书与人的关系。

读书是为了生命的完整

人为什么要读书？一句话，为了生命的完整，或者说是为了追回另一半的生命。现在很流行一半又一半的说法，“一半是海水，一半是火焰”，“男人的一半是女人”等，其实最根本的，人生命的一半是物质，一半是精神。读书是对精神的那一半生命的能量补充。在地球上所有物种中，除物质之外还需要精神滋养的就是人类。只有人，有精神生活，有主观思维，会改造客观，追求幸福。

马克思给人下了定义：人是各种生产关系的总和。人与人的关系，主要不是物质交往，而是精神交往。谈话、书信、亲情、爱情、政治、学术、艺术等，都是精神活动。小孩子只知道好吃的东西最重要，而人一进入成年就会发现，精神满足更重要，精神世界更广阔。所以才有为爱情而歌唱，为自由而斗争，为理想而献身。爱情、自由、理想、知识、艺术等等，靠什么来交流、传承？主要载体就是书籍。真正要有感、有悟、有创造，改变人生，成就事业，有个性，自立于人海，流芳于青史，要靠对后三个层次的攻读。

阅读有六个层次

那么，人怎样实现自己这生命的另一半价值，构建精神世界呢？有六个层次、三大支柱。也就是人们阅读的六种基本追求，追求刺激、休闲、信息、知识、思想和美感，其中知识、思想和审美，是三大支柱。这六个层次由低到高，反映着人们不同的文化程度、修养状态和价值取向。

一是刺激需求。正常人的精神生活中总有企图改变平静，追求奇特，寻找刺激的一面。这种需求，与其说是精神追求，不如说是心理生理的追求，因为理性的成分还不多。在这种刺激需求下，便产生非法的出版物市场，出版黄色、低档出版物。这也说明人有自然的一面。

二是休闲娱乐需求。按这种需求，就产生了一类轻松的作品，如花卉、鱼虫、时装、故事等。休闲娱乐需求在读者中的覆盖面最大，不但有闲阶层靠消遣读物打发时日，就是专业人员，也常常会翻翻书报以作休息。

三是信息需求。随着社会的现代化进程，人们对信息的需求量越来越大。每个人在生活中也离不开信息，一条信息使一个决策成功，救活一个企业，或者使一个人致富的事，已屡见不鲜。以至于信息已经发展成为一个独立的行业。人们对信息的这种需求是书、报、刊等传媒的基础，特别是报纸存在的基础。

以上这三个需求，虽包括精神层面，但仍可看出不脱物质的羁绊，多为实用的需求。其载体也以报纸、杂志、电视为主。真正精神层面的是后面的三大支柱，其载体以书籍为主。

四是知识需求。知识是人们在改造世界的实践中所获得的认识和经验的总和。粮食、蔬菜、肉类使人从孩子长成体格健壮的成人，而知识使人聪明有本事。所以人的一生专门安排了一个学生时期，较集中地专门接受知识，终生还要不断补充更新知识，这主要靠出版的书、报、刊，特别是书籍。

五是审美需求。爱美之心人皆有之。从原始人开始，人类就懂得对美的追求。这种本能的不断发展提高了的审美需求呼唤出版物一方面作为载体来提供审美对象，如文学作品、美术作品等，另一方面又作为工具来帮助指导人们提高审美能力。

六是思想需求。人的精神需求的最高层次是理性的思考。刺激是心理本能的满足，娱乐是心理休息，信息是人捕捉到的事物的信号，知识已进入到认识的总结，只有思想才能进入到理性，进入到规律和方法的把握，是人们对客观世界的更深刻的认识。这种需求，促使人们去读理论学术书刊，去通过具体出版物的形象、素材思考问题。

我劝爱读书的朋友们，爱读书当然很好，但还要讲究读书的目的和层次。我们可以把读书大致分为两类：一类是消费型，为了眼前实用；另一类是积累型，为了长远和根本性的提高。前三个层次属消费型，后三个层次属积累型。就像一个国家除实用企业外，还得有能源、交通等基础项目建设。只有在积累型阅读上下工夫，才能改变人生，创造辉煌。

文章不是写给人看的而应是写给人背的

读书怎么改变人生，其实我们每个人都有这样的经历。我原来在中国人民大学读的是档案专业，毕业时，正赶上“文革”后期，为响应号召到祖国的北部去，我到内蒙古先当了一年的农民。

在这个时候，我读到了一本对我一生影响很大的书，这就是陈望道先生的《修辞学发凡》。那是我在拉风箱做饭的时候在灶边看到的，书的前后已经被扯下好几页。陈望道是中国最早翻译《共产党宣言》的人，早期曾经和陈独秀一起筹备中国共产党，帮陈独秀管经费，但陈独秀的脾气很不好，陈望道受不了，离开了陈独秀。这一走两人各闯出一片天地。陈独秀成了中国共产党的创始人之一，陈望道则是中国系统研究修辞的第一人。在这本书中他认为修辞有积极修辞、消极修辞。积极修辞语言生动比喻、形容很多，消极修辞语言比较平实，比如法律术语、各种教科书等。

这本书当然还有其他很多的内容，但两大修辞分类的思想对我治学影响很大。因为我长期以来既是记者又是作家，在接受杂志社的采访时，我说，陈望道先生的《修辞学发凡》对于我来说就是一座巴颜喀拉山，是分水岭，一边是长江，一边是黄河；《修辞学发凡》一边成就了我的新闻写作，一边成就了我的文学创作。

此外，还有一本中国青年出版社出版的《历代文选》对我的影响也很大，后来我发现毛泽东也读这本书。毛泽东晚年因为白内障，眼睛看东西很吃力，文件就让秘书给他念，而文学方面的书呢，他就找到当年这本书的编者之一、中国人民大学的卢荻给他念。

在我后来当记者的时候，《历代文选》这本书在我的采访包里背了多年，出差在招待所里有空我就背书中的名篇，这对我后来新闻语言的形成产生了很大的影响。我认为，新闻语言应该向古文、电报学习，新闻语言应该求短求干净，古文因为最早要刻在竹简上很费劲，电报按数字收钱。后来我写的《晋祠》，1600多字，能被收入中学语文课本，和这个理念很有关系，因为我写的时候就认定我的文章不是让人看的，而是让人背的。

这些工作和我当初学的档案专业已经相距十万八千里，之所以有这样的改变，就是因为后来我的读书生活。人不知在什么地方什么时候就会遇到改变自己人生的书籍，只要你去读。

图书积累会影响一国国运

一本书可以改变一个人的命运，也可以改变一个国家的命运，一个世界的命运，甚至改写人类的历史。

马克思写的《共产党宣言》和《资本论》，改变了世界，这是公认的事。据统计，《共产党宣言》共出版过70多种文字的1000多个版本，它传到中国是1920年，由陈望道先生译出第一个中文本。从此开始改变中国的命运。毛泽东在延安的窑洞里完成了《论持久战》，当白崇禧把这本麻纸本小册子呈送蒋介石时，蒋介石如获至宝，发给全军团以上军官每人一本，这本书很快又在美国出版，震惊了世界。事实证明抗日战争就是沿着这一思路进行的。哥白尼的《天体运行论》这本书改变了世界，应该说改变了宇宙。它成了一块里程碑，它于1543年出版，文艺复兴的开始，近代科学的开始就从这一年算起。世界进入一个新时期。现代物理学开端被史家定为1905年，就是因为这年《物理学纪事》发表了爱因斯坦的几篇重要论文。爱因斯坦提出了质能互变公式$E=mc^2$，1945年第一颗原子弹爆炸，才证实了爱氏超前了40年。1852年，斯佗夫人写了一本《汤姆叔叔的小屋》，导致了美国南北战争爆发，林肯说是一个小妇人引发了一场解放黑奴的大革命。

从世界史的角度来说，曾有过四次大的文化积累，实际上是四次大出书活动，对世界进程发生过大的影响。这就是古希腊、罗马时期的文化积累；文艺复兴时期的文化积累；18世纪中叶欧洲资产阶级启蒙运动中以百科全书派为代表的文化积累；19世纪中叶在总结了英国古典经济学、德国古典哲学和法国空想社会主义之后而产生的马克思主义的文化积累。

中国历史上也有几次大的文化积累。第一次是汉初对先秦文化的整理。这次积累，确定了中国封建社会的基础，基本上确定了中国历史的走向。产生了以《史记》、《汉书》为代表的积累型巨著，尤其是《史记》，它的思想、它褒贬的人物及它的文风，到今天还影响着中华民族。第二次是隋唐对散佚书籍的收集和新书的编纂。它使儒家思想更趋成熟，封建制度进一步确立。第三次是宋代的积累，儒家发展到理学新高度，产生了程朱这样的儒学理论大师，和《资治通鉴》这样总结治国实践的巨著，儒家思想的完善保证了以后几百年封建制度的延续。第四次是明清修书，以《永乐大典》、《四库全书》的成就为代表。这笔文化遗产为我们民族以后的发展，直到今天还发挥着积极作用。以后还有康梁等对西方文化的引进积累，中国共产党人对马克思主义的引进积累，这些在反帝制和民主革命中都曾发挥了巨大的作用。

不论是世界的文化大积累还是中国的文化大积累，实际是图书大积累。据统计，自西汉至辛亥革命共出版图书 8 万种。从公元前 206 年算起到 1988 年底，我国近 2200 年间共出版图书 90 余万种。这种悠久的历史积累，决定了我们是一个文明发达的民族。但是立国仅 200 余年的美国，其文化积累的速度却快得惊人，报载，美国国会图书馆馆藏文献 8830 多万种，书架长达 877 公里。自然，这一点也已构成美国文明发达的一部分。环视全球，我们会发现一些国家的强盛与衰落、发达与落后固然与它所拥有的经济实力、军事实力、政治策略有关，但是也不可不注意到与它所拥有的典籍、文献，它掌握的资料、信息，它积累的精神财富以及对这些典籍的态度、策略，还有它的积累方式、速度与取向有关。这同样会影响到一个国家的国力、国运。

梁衡

目录

匆 匆

燕子去了，有再来的时候；杨柳枯了，有再青的时候；桃花谢了，有再开的时候。但是，聪明的，你告诉我，我们的日子为什么一去不复返呢？——是有人偷了他们罢：那是谁？又藏在何处呢？是他们自己逃走了罢——如今又到了哪里呢？

用设问开篇，引起读者对时间流逝的关注与思考。

我不知道他们给了我多少日子，但我的手确乎是渐渐空虚了。在默默里算着，八千多日子已经从我手中溜去，像针尖上一滴水滴在大海里，我的日子滴在时间的流里，没有声音，也没有影子。我不禁头涔（cén）涔而泪潸（shān）潸了。

将宇宙概念的时间比作大海，将自己的时间比作针尖，在这一大一小的对比中，突出了一个人稍不注意，就会把珍贵的时间浪费掉了。

去的尽管去了，来的尽管来着；去来的中间，又怎样地匆匆呢？早上我起来的时候，小屋里射进两三方斜斜的太阳。太阳他有脚啊，轻轻悄悄地挪移了，我也茫茫然跟着旋转。于是——洗手的时候，日子从水盆里过去；吃饭的时候，日子从饭碗里过去；默默时，便从凝然的双眼前过去。我觉察他去的匆匆了，伸出手遮挽时，他又从遮挽着的手边过去。天黑时，我躺在床上，他便伶伶俐俐地从我身

时间本无影无踪，但作者把时间置于洗手、吃饭、默默等具体的事情之中，就可以让读者从中感受到时间的流逝了。

上跨过，从我脚边飞去了。等我睁开眼和太阳再见，这算又溜走了一日。我掩着面叹息。但是新来的日子的影儿又开始在叹息里闪过了。

连用五个反问句，从不同的角度追问逝去的时间，反思自己在已经失去的时间里的作为，思考人生怎样才能在有限的时间里，不赤裸裸地回去，不白白地走一遭。

在逃去如飞的日子里，在千门万户的世界里的我能做些什么呢？只有徘徊罢了，只有匆匆罢了；在八千多日的匆匆里，除徘徊外，又剩些什么呢？过去的日子如轻烟，被微风吹散了；如薄雾，被初阳蒸融了；我留着些什么痕迹呢？我何曾留着像游丝样的痕迹呢？我赤裸裸来到这世界，转眼间也将赤裸裸地回去罢？但不能平的，为什么偏要白白走这一遭啊？

你聪明的，告诉我，我们的日子为什么一去不复返呢？

阅读指导

朱自清的《匆匆》写于1922年3月28日。正值“五四”新文化运动的落潮期。大潮之后，作者如海滩一样显得很清静落寞。就是在那个时期，作者在给朋友俞平伯的信中写道：“生活中的各种过程都有它独立的意义和价值……每一刹那在持续的时间里，有它相当的位置。”正因如此，作者才写下这篇散文诗，劝勉自己，也劝勉所有读者反思已逝的时光，思考让人生怎样才能活出更大的意义。

但作者没有用“惜时”一类的词语作标题，而用“匆匆”为本文命题，让人从标题上就能感觉时间像一个急行的人，总是在不停地朝前行走，而且永不停息。从而让读者与作者一起反思，过去的时间是否白白地流逝了，在今后有限的人生中，怎么才会不辜负大好时光，在时间的轨道上，留下有意义的痕迹。

这是一篇富有理趣的文章。虽然主题为劝勉人们要珍惜时间，但是，读来并不觉得像别的劝勉文章那样，居高临下，重于说教，咄咄逼人。时间是怎样的“匆匆”呢？作者并没有作空洞的议论，他把自己对时间流逝的感觉，通过形象表现出来，将看不见、又摸不着的时间，通过丰富的想象力，在可感的形象中捕捉住时光逝去的踪迹，从燕子去了又来，杨柳枯了又青，桃花谢了又开等具体可感的形象描写中来表现时序的变迁，暗示时光的流逝。让读者在品读美文，享受艺术语言的魅力中，不知不觉地接受到作者关于惜时的劝勉。

桨声灯影里的秦淮河

秦淮河是穿越南京城而过的一条河道，源于江苏溧水县，经南京，入长江。据《建康实录》载：秦始皇东巡，凿钟山、疏淮水，掘成此河，故名秦淮河。三国时的东吴、东晋、南朝相继定都南京。从此，河上画舫往来，笙歌彻夜，岸边歌台林立、酒肆毗连，是纸醉金迷之乡，寻欢作乐之所。俞平伯，古典文学研究家、诗人、作家。中国白话诗创作的先驱者之一，曾与朱自清、郑振铎、叶圣陶等人创办五四以来最早出现的诗刊《诗》月刊，“新红学派”的代表人物之一。

一九二三年八月的一晚，我和平伯同游秦淮河；平伯是初泛，我是重来了。我们雇了一只“七板子”，在夕阳已去、皎月方来的时候，便下了船。于是桨声汩——汩，我们开始领略那晃荡着蔷薇色的历史的秦淮河的滋味了。

秦淮河里的船，比北京万生园、颐和园的船好，比西湖的船好，比扬州瘦西湖的船也好。这几处的船不是觉着笨，就是觉着简陋、局促，都不能引起乘客们的情韵，如秦淮河的船一样。秦淮河的船约略可分为两种：一是大船，一是小船，就是所谓“七板子”。大船舱口阔大，可容二三十人。里面陈设着字画和光洁的红木家具，桌上一律嵌着冰凉的大理石面。窗格雕镂颇细，使人起柔腻之感。窗格里映着红色蓝色的玻璃；玻璃上有精致的花纹，也颇悦人目。“七板子”规模虽不及大船，但那淡蓝色的栏杆，空敞的舱，也足系人情思。而最出色处却在它的舱前。舱前是甲板上的一部。上面有弧形的顶，两边用疏疏的栏杆支着。里面通常放着两张藤的躺椅。躺下，可以谈天，可以望远，可以顾盼两岸的河房。大船上也有这个，便在小船上更觉清隽罢了。舱前的顶下，一律悬着灯彩；灯的多少、明暗，彩苏的精粗、艳晦，是不一的。但好歹总还你一个灯彩。这灯彩实在是最能钩人的东西。夜幕垂垂地下来时，大小船上都点起灯火。从两重玻璃里映出那辐射着的黄黄的散光，反晕出一片朦胧的烟霭；透过这烟霭，在黯黯的水波里，又逗起缕缕的明漪。在这薄霭和微漪里，听着那悠然的间歇的桨声，谁能不被引入他的美梦去呢？只愁梦太多了，这些大小船儿如何载得起呀？我们这时模模糊糊地谈着明末的秦淮河的艳迹，如《桃花扇》及《板桥杂记》里所载的。我们真神往了。我们仿佛亲见那时华灯映水、画舫凌波的光景了。于是我们的船便成了历史的重载了。我们终于恍然秦淮河的船所以雅丽过于他处，而又有奇异的吸引力的，实在是许多历史的影像使然了。

都是风景名胜，很多情况下，哪里的景致好与不好，不是决定于风景本身，而是决定于游者的情感或心境。

在对“七板子”作了整体描绘之后，对“灯彩”作浓笔重彩的涂抹，体现点面结合、详略有致的手法。

与本段开头贬他处之船而偏爱此处之船的内容相呼应，验证了偏爱的根本原因在于心境所至。

秦淮河的水是碧阴阴的，看起来厚而不腻，或者是六朝金粉所凝么？我们初上船的时候，天色还未断黑，那漾漾的柔波是这样的恬静，委婉，使我们一面有水阔天空之想，一面又憧憬着纸醉金迷之境了。等到灯火明时，阴阴的变为沉沉了：黯淡的水光，像梦一般；那偶然闪烁着的光芒，就是梦的眼睛了。我们坐在舱前，因了那隆起的顶棚，仿佛总是昂着首向前走着似的。于是飘飘然如御风而行的我们，看着那些自在的湾泊着的船，船里走马灯般的人物，便像是下界一般，迢迢的远了，又像在雾里看花，尽朦朦胧胧的。这时我们已过了利涉桥，望见东关头了。沿路听见断续的歌声：有从沿河的妓楼飘来的，有从河上船里度来的。我们明知那些歌声，只是些因袭的言词，从生涩的歌喉里机械地发出来的；但它们经了夏夜的微风的吹漾和水波的摇拂，袅娜着到我们耳边的时候，已经不单是她们的歌声，而混着微风和河水的密语了。于是我们不得不被牵惹着，震撼着，相与浮沉于这歌声里了。从东关头转湾，不久就到大中桥。大中桥共有三个桥拱，都很阔大，俨然是三座门儿；使我们觉得我们的船和船里的我们，在桥下过去时，真是太无颜色了。桥砖是深褐色，表明它的历史的长久，但都完好无缺，令人太息于古昔工程的坚美。桥上两旁都是木壁的房子，中间应该有街路？这些房子都破旧了，多年烟熏的迹，遮没了当年的美丽。我想象秦淮河的极盛时，在这样宏阔的桥上，特地盖了房子，必然是髹（xiū）漆得富富丽丽的，晚间必然是灯火通明的，现在却只剩下一片黑沉沉！但是桥上造着房子，毕竟使我们多少可以想见往日的繁华，这也慰情聊胜无了。过了大中桥，便到了灯月交辉、笙歌彻夜的秦淮河，这才是秦淮河的真面目哩。

境由心生。“生涩的歌喉”却能牵惹、震撼作者，全在于作者之心完全沉浸在了这次夜游秦淮河之中了。

大中桥外，顿然空阔，和桥内两岸排着密密的人家的大异了。一眼望去，疏疏的林，淡淡的月，衬着蓝蔚的天，颇像荒江野渡光景；那边呢，郁丛丛的，阴森森的，又似乎藏着无边的黑暗，令人几乎不信那是繁华的秦淮河了。但是河中眩晕着的灯光，纵横着的画舫，悠扬着的笛韵，夹着那吱吱的胡琴声，终于使我们认识绿如茵陈酒的秦淮水了。此地天裸露着的多些，故觉夜来的独迟些；从清清的水影里，我们感到的只是薄薄的夜——这正是秦淮河的夜。大中桥外，本来还有一座复成桥，是船夫口中的我们的游踪尽处，或也是秦淮河繁华的尽处了。我的脚曾踏过复成桥的脊，在十三四岁的时候。但是两次游秦淮河，却都不曾见着复成桥的面；明知总在前途的，却常觉得有些虚无缥缈似的。我想，不见倒也好。这时正是盛夏，我们下船后，借着新生的晚凉和河上的微风，暑气已渐渐消散；到了此地，豁然开朗，身子顿然轻了——习习的清风荏苒在面上、手上、衣上，这便又感到了一缕新凉了。南京的日光，大概没有杭州猛烈，西湖的夏夜老是热蓬蓬的，水像沸着一般，秦淮河的水却尽是这样冷冷地绿着。任你人影的憧憧，歌声的扰扰，总像隔着一层薄薄的绿纱面幂似的；它尽是这样静静的、冷冷的绿着。我们出了大中桥，走不上半里路，船夫便将船划到一旁，停了桨由它宕（dàng）着。他

多用短句和叠词，只用少数的字，就把大中桥外空阔的景象勾勒得让人如身临其境。

用“憧憧”“扰扰”“薄薄”“静静”“冷冷”一组叠词，写出了“灯影里的秦淮河”那虚无缥缈而朦胧的特点。

以为那里正是繁华的极点，再过去就是荒凉了，所以让我们多多赏鉴一会儿。他自己却静静地蹲着。他是看惯这光景的了，大约只是一个无可无不可。这无可无不可，无论是升的沉的，总之，都比我们高了。

那时河里闹热极了，船大半泊着，小半在水上穿梭似的来往。停泊着的都在近市的那一边，我们的船自然也夹在其中。因为这边略略的挤，便觉得那边十分的疏了。在每一只船从那边过去时，我们能画出它的轻轻的影和曲曲的波，在我们的心上；这显着是空，且显着是静了。那时处处都是歌声和凄厉的胡琴声，圆润的喉咙，确乎是很少的。但那生涩的、尖脆的调子能使人有少年的、粗率不拘的感觉，也正可快我们的意。况且多少隔开些儿听着，因为想象与渴慕的做美，总觉更有滋味；而竞发的喧嚣，抑扬的不齐，远近的杂沓和乐器的嘈嘈切切，合成另一意味的谐音，也使我们无所适从，如随着大风而走。这实在因为我们的心枯涩久了，变为脆弱，故偶然润泽一下，便疯狂似的不能自主了。但秦淮河确也腻人。即如船里的人面，无论是和我们一堆儿泊着的，无论是从我们眼前过去的，总是模模糊糊的，甚至渺渺茫茫的；任你张圆了眼睛，揩净了眦垢，也是枉然。这真够人想呢。在我们停泊的地方，灯光原是纷然的，不过这些灯光都是黄而

眦垢，眼屎。眦，眼角；垢，污浊之物。

有晕的。黄已经不能明了，再加上了晕，便更不成了。灯愈多，晕就愈甚；在繁星般的黄的交错里，秦淮河仿佛笼上了一团光雾。光芒与雾气腾腾的晕着，什么都只剩了轮廓了；所以人面的详细的曲线，便消失于我们的眼底了。但灯光究竟夺不了那边的月色，灯光是浑的，月色是清的，在浑沌的灯光里，渗入了一派清辉，却真是奇迹！那晚月儿已瘦削了两三分。她晚妆才罢，盈盈地上了柳梢头。天是蓝得可爱，仿佛一汪水似的，月儿便更出落得精神了。岸上原有三株两株的垂杨树，淡淡的影子，在水里摇曳着。它们那柔细的枝条浴着月光，就像一支支美人的臂膊，交互地缠着、挽着，又像是月儿披着的发。而月儿偶然也从它们的交叉处偷偷窥看我们，大有小姑娘怕羞的样子。岸上另有几株不知名的老树，光光的立着，在月光里照起来，却又俨然是精神矍铄的老人。远处——快到天际线了，才有一两片白云，亮得现出异彩，像美丽的贝壳一般。白云下便是黑黑的一带轮廓，是一条随意画的不规则的曲线。这一段光景，和河中的风味大异了。但灯与月竟能并存着，交融着，使月成了缠绵的月，灯射着渺渺的灵辉；这正是天之所以厚秦淮河，也正是天之所以厚我们了。

此段重在写月色，运用了多重艺术手法。一是将月儿比拟出人的神情，二是对杨树的影子的生动形象的描写，来间接烘托出月色之美。

这时却遇着了难解的纠纷。秦淮河上原有一种歌妓，是以歌为业的。从前都在茶舫上，唱些大曲之类。每日午后一时起，什么时候止，却忘记了。晚上照样也有一回，也在黄晕的灯光里。我从前过南京时，曾随着朋友去听过两次。因为茶舫里的人脸太多了，觉得不大适意，终于听不出所以然。前年听说歌妓被取缔了，不知怎的，颇涉想了几次——却想不出什么。这次到南京，先到茶舫上去看看，觉得颇是寂寥，令我无端的怅怅了。不料她们却仍在秦淮河里挣扎着，不料她们竟会纠缠到我们，我于是很张皇了。她们也乘着“七板子”，她们总是坐在舱前的。舱前点着石油汽灯，光亮眩人眼目：坐在下面的，自然是纤毫毕见了——引诱客人们的力量，也便在此了。舱里躲着乐工等人，映着汽灯的余辉蠕动着，他们是永远不被注意的。每船的歌妓大约都是二人，天色一黑，她们的船就在大中桥外往来不息地兜生意。无论行着的船，泊着的船，都要来兜揽的，这都是我后来推想出来的。那晚不知怎样，忽然轮着我们的船了。我们的船好好的停着，一只歌舫划向我们来的，渐渐和我们的船并着了。铄铄的灯光逼得我们皱起了眉头；我们的风尘色全给它托出来了，这使我踧（cù）踖（jí）不安了。那时一个伙计跨过船来，拿着摊开的歌折，就近塞向我的手里，说：“点几出吧！”他跨过来的时候，我们船上似乎有许多眼光跟着。同时相近的别的船上也似乎有许多眼睛炯炯地向我们船上看着。我真

踧踖，恭敬而不安的样子。

窘了！我也装出大方的样子，向歌妓们瞥了一眼，但究竟是不成的！我勉强将那歌折翻了一翻，却不曾看清了几个字；便赶紧递还那伙计，一面不好意思地说："不要，我们……不要。"他便塞给平伯。平伯掉转头去，摇手说："不要！"那人还腻着不走。平伯又回过脸来，摇着头道："不要！"于是那人重到我处，我窘着再拒绝了他，他这才有所不屑似的走了。我的心立刻放下，如释了重负一般。我们就开始自白了。

我说我受了道德律的压迫，拒绝了她们，心里似乎很抱歉的。这所谓抱歉，一面对于她们，一面对于我自己。她们于我们虽然没有很奢的希望，但总有些希望的。我们拒绝了她们，无论理由如何充足，却使她们的希望受了伤，这总有几分不做美了。这是我觉得很怅怅的。至于我自己，更有一种不足之感。我这时被四面的歌声诱惑了，降服了；但是远远的、远远的歌声总仿佛隔着重衣搔痒似的，越搔越搔不着痒处。我于是憧憬着贴耳的妙音了。在歌舫划来时，我的憧憬，变为盼望；我固执地盼望着，有如饥渴。虽然从浅薄的经验里，也能够推知，那贴耳的歌声，将剥去了一切的美妙；但一个平常的人像我的，谁愿凭了理性之力去丑化未来呢？我宁愿自己骗着了。不过我的社会感性是很敏锐的，我的思力能拆穿道德律的西洋镜，而我的感情却终

从拒绝歌妓时的心理，写到拒绝后感觉使歌妓们的希望受了伤而感到抱歉，再写到远处的歌声不能满足心理的渴求，于是，最后写到盼望再有歌舫到来、歌妓来递歌折。这一路写来，将自己的心理变化，写得起伏有致，曲折有趣，十分细腻。

于被它压服着，我于是有所顾忌了，尤其是在众目昭彰的时候。道德律的力，本来是民众赋予的；在民众的面前，自然更显出它的威严了。我这时一面盼望，一面却感到了两重的禁制：一，在通俗的意义上，接近妓者总算一种不正当的行为。二，妓是一种不健全的职业，我们对于她们，应有哀矜勿喜之心，不应赏玩地去听她们的歌。在众目睽睽之下，这两种思想在我心里最为旺盛。她们暂时压倒了我的听歌的盼望，这便成就了我的灰色的拒绝。那时的心实在异常状态中，觉得颇是昏乱。歌舫去了，暂时宁靖之后，我的思绪又如潮涌了。两个相反的意思在我心头往复：卖歌和卖淫不同，听歌和狎（xiá）妓不同，又干道德甚事？——但是，但是，她们既被逼的以歌为业，她们的歌必无艺术味的；况她们的身世，我们究竟该同情的，所以拒绝倒也是正办。但这些意思终于不曾撇开我的听歌的盼望。它力量异常坚强，它总想将别的思绪踏在脚下。从这重重的争斗里，我感到了浓厚的不足之感。这不足之感使我的心盘旋不安，起坐都不安宁了。唉！我承认我是一个自私的人！平伯呢，却与我不同。他引周启明先生的诗，“因为我有妻子，所以我爱一切的女人，因为我有子女，所以我爱一切的孩子。”

人有七情六欲，单纯的某种心理容易描写，而这矛盾着的心理就难以表达，用文字就更难以表达。可是，朱自清却能从站在自己的角度与站在歌妓的角度作出逼真的刻画，光有亲身经历还不够，更要有高超的语言表达能力。

他的意思可以见了，他因为推及的同情，爱着那些歌妓，并且尊重着她们，所以拒绝了她们。在这种情形下，他自然以为听歌是对于她们的一种侮辱。但他也是想听歌的，虽然不和我一样，所以在他的心中，当然也有一番小小的争斗；争斗的结果，是同情胜了。至于道德律，在他是没有什么的，因为他很有蔑视一切的倾向，民众的力量在他是不大觉着的。这时他的心意的活动比较简单，又比较松弱，故事后还怡然自若，我却不能了。这里平伯又比我高了。

在我们谈话中间，又来了两只歌舫。伙计照前一样地请我们点戏，我们照前一样地拒绝了。我受了三次窘，心里的不安更甚了，清艳的夜景也为之减色。船夫大约因为要赶第二趟生意，催着我们回去；我们无可无不可地答应了。我们渐渐和那些晕黄的灯光远了，只有些月色冷清清的随着我们的归舟。我们的船竟没个伴儿，秦淮河的夜正长哩！到大中桥近处，才遇着一只来船。这是一只载妓的板船，黑漆漆的没有一点光。船头上坐着一个妓女；暗里看出，白地小花的衫子，黑的下衣。她手里拉着胡琴，口里唱着青衫的调子。她唱得响亮而圆转，当她的船箭一般驶过去时，余音还袅袅的在我们耳际，使我们倾听而向往。想不到在弩末的游踪里，还能领略到这样的清歌！这时船过大中桥了，森森的水影，如黑暗

“弩末”来源于成语“强弩之

张着巨口，要将我们的船吞了下去，我们回顾那渺渺的黄光，不胜依恋之情，我们感到了寂寞了！这一段地方夜色甚浓，又有两头的灯火招邀着，桥外的灯火不用说了，过了桥另有东关头疏疏的灯火。我们忽然仰头看见依人的素月，不觉深悔归来之早了！走过东关头，有一两只大船湾泊着，又有几只船向我们来着。嚣嚣的一阵歌声人语，仿佛笑我们无伴的孤舟哩。东关头转湾，河上的夜色更浓了，临水的妓楼上，时时从帘缝里射出一线一线的灯光，仿佛黑暗从酣睡里眨了一眨眼。我们默然地对着，静听那汩——汩的桨声，几乎要入睡了，朦胧里却温寻着适才的繁华的余味。我那不安的心在静里愈显活跃了！这时我们都有了不足之感，而我的更其浓厚。我们却只不愿回去，于是只能由懊悔而怅惘了。船里便满载着怅惘了。直到利涉桥下，微微嘈杂的人声，才使我豁然一惊，那光景却又不同。右岸的河房里，都大开了窗户，里面亮着晃晃的电灯，电灯的光射到水上，蜿蜒曲折，闪闪不息，正如跳舞着的仙女的臂膊（bó）。我们的船已在她的臂膊里了；如睡在摇篮里一样，倦了的我们便又入梦了。那电灯下的人物，只觉像蚂蚁一般，更不去萦（yíng）念。这是最后的梦，可惜是最短的梦！黑暗重复落在我们面前，我们

末”。意思是说，这次夜游秦淮河已经到了快结束的时候了。

写这次游览之不足感，流露出意犹未尽的味，给读者的美感更胜过饱览兴尽。

在灯影中夜游秦淮河，是作者从迷茫、冷酷的现实走进梦幻般的境地，让疲惫焦灼的心灵得以暂且放松与宽慰。但是，梦境终归要幻灭，现实才是生活，所以作者有这样的一种矛盾与感伤的情思。

看见傍岸的空船上一星两星的，枯燥无力又摇摇不定的灯光。我们的梦醒了，我们知道就要上岸了，我们心里充满了幻灭的情思。

阅读指导

1923年8月，朱自清曾与朋友俞平伯同游秦淮河，他们相约以《桨声灯影里的秦淮河》为题目，各作一文。作品完成后，因两文均为游记散文佳作，但又风格迥异、各有千秋而传世，成为现代文学史上的一段佳话。

《桨声灯影里的秦淮河》是朱自清早期散文的力作，写于1923年10月。朱自清当时刚从北京大学哲学系毕业不久，应聘在温州浙江省立十中教书。当时，五四运动落潮，大革命尚未起步，作为普通的小资产阶级知识分子，一位急于探求出路而又四顾茫然的文化青年，朱自清内心状态可想而知。就是在这样一种心境中，朱自清与朋友俞平伯相邀同游秦淮河，在河上荡舟怀古，踏“七板子”消夜。让茫然如失的灵魂在桨声灯影中暂得一时超脱。

“纸醉金迷”、“六朝金粉”的秦淮河，随着历史长河的流淌而逐渐失去了昔日风韵，朱自清的《桨声灯影里的秦淮河》以浓墨重彩为它猛绘一笔，再次展现了浓妆艳丽的秦淮河的风采。

《桨声灯影里的秦淮河》是朱自清的成名作。在文中，朱自清描绘了浓妆艳丽的秦淮河的风采，记叙夏夜泛舟秦淮河的见闻感受，作者在声光色彩的协奏中，敏锐地捕捉到了秦淮河不同时地、不同情境中的绰约风姿，引发人思古之幽情……秦淮河上凌波的画舫、映水的华灯、悠扬的笛音、幽咽的胡琴、歌女的低吟，穿透缥缈的时空，清晰而缥缈，让读者透过唯美的文字领略到秦淮河的美景——如诗，如画，如梦，如幻。

缜密、细致、优美是朱自清描绘景物的特点，不但如此，他在描绘灯影中的秦淮河景色时，还将秦淮河的历史影像及作者自己的真实情感糅杂其中，全文洋溢着一股真挚深沉而又细腻的幽情，感伤而不哀伤。

在阅读时，必须将朱自清在文中表露出来的感伤思绪与时代背景结合起来，如果单纯理解为作者的消极生活态度，那是太狭隘了。正如茅盾先生所说："到了'五卅'的前夜，苦闷彷徨的空气支配了整个文坛，即使外形上有冷观苦笑与要求享乐和麻醉的分别，但内心是同一苦闷彷徨。走向十字街头的当时的文坛只在十字街头徘徊。"既然苦闷彷徨的空气笼罩着整个文坛，作为知识分子的朱自清，自然也会感到前途茫茫，能够去寻找到秦淮河一游来消解这种郁闷心情，这就自在情理之中了。

航船中的文明

夜航船是本文中相对于“汽油船”而言的，江浙一带定期行驶于城镇之间的载客运货的木船。

第一次乘夜航船，从绍兴府桥到西兴渡口。

绍兴到西兴本有汽油船，我因急于来杭，又因年来逐逐于火车轮船之中，也想“回到”航船里，领略先代生活的异样的趣味，所以不顾亲戚们的坚留和劝说（他们说航船里是很苦的），毅然决然地于下午六时左右下了船。有了“物质文明”的汽油船，却又有“精神文明”的航船，使我们徘徊其间，左右顾而乐之，真是二十世纪中国人的幸福了！

士大夫，旧时指官吏或较有声望、地位的知识分子，后来形成了一个特殊的阶层，即专门为做官而读书考试的知识分子阶层。

航船中的乘客大都是小商人，两个军弁是例外。满船没有一个士大夫，我区区或者可充个数儿，——因为我曾读过几年书，又忝（tiǎn）为大夫之后——但也是例外之例外！真的，那班士大夫到哪里去了呢？这不消说得，都到了轮船里去了！士大夫虽也擎着大旗拥护精神文明，但千虑不免一失，竟为那物质文明的孙儿，满身洋油气的小顽意儿骗得定定的，忍心害理地撇了那老相好。于是航船虽然照常行驶，而光彩已减少许多！这确是一件可以慨叹的事；而“国粹将亡”的呼声，似也不是徒然的了。

呜呼，是谁之咎（jiù）欤（yú）？

咎，过错。

既然来到这“精神文明”的航船里，正可将船里的精神文明考察一番，才不虚此一行。但从那里下手呢？这可有些为难，踌躇之间，恰好来了一个女人。——我说“来了”，仿佛亲眼看见，而孰知不然；我知道她“来了”，是在听见她尖锐的语音的时候。至于她的面貌，我至今还没有看见呢。这第一要怪我的近视眼，第二要怪那袭人的暮色，第三要怪——哼——要怪那“男女分坐”的精神文明了。女人坐在前面，男人坐在后面，那女人离我至少有两丈远，所以便不可见其脸了。且慢，这样左怪右怪，“其词若有憾焉”，你们或者猜想那女人怎样美呢。而孰知又大大的不然！我也曾“约略的”看来，都是乡下的黄面婆而已。至于尖锐的语音，那是少年的妇女所常有的，倒也不足为奇。然而这一次，那来了的女人的尖锐的语音竟致劳动区区的执笔者，却又另有缘故。在那语音里，表示出对于航船里精神文明的抗议；她说：“男人女人都是人！”她要坐到后面来（因前面太挤，实无他故，合并声明），而航船里的“规矩”是不许的。船家拦住她，她仗着她不是姑娘了，便老了脸皮，大着胆子，慢慢地说了那句话。她随即坐在原处，而“批评家”的议论繁然了。一个船家在船沿上走着，随便地说：“男人女人都是人，是的，不错。做秤钩的也是铁，

这种写法，叫着先闻其声，后见其人，将一个开朗、豪爽女人的性格一笔写尽。

女人的愿望与航船上的“规矩”构成了矛盾，在矛盾中描写人物形象，更能体现其性格特点。

做秤锤的也是铁，做铁锚的也是铁，都是铁呀！”这一段批评大约十分巧妙，说出诸位“批评家”所要说的，于是众喙（huì）都息，这便成了定论。至于那女人，事实上早已坐下了；“孤掌难鸣”，或者她饱饫（yù）了诸位“批评家”的宏论，也不要鸣了罢。“是非之心”，虽然“人皆有之”，而撑船经商者流，对于名教之大防，竟能剖辨得这样“详明”，也着实亏他们了。中国毕竟是礼义之邦，文明之古国呀！

喙，本指鸟嘴，此处指航船上人的嘴巴。

饫，饱食。

放到别处，此话是对中国传统文明的褒扬，但在此处，却是反语，是对航船上“男女分坐”的所谓精神文明的讽刺。

我悔不该乱怪那“男女分坐”的精神文明了！

“祸不单行”，凑巧又来了一个女人。她是带着男人来的。——呀，带着男人！正是，所以才“祸不单行”呀！——说得满口好绍兴的杭州话，在黑暗里隐隐露着一张白脸，带着五六分城市气。船家照他们的“规矩”，要将这一对儿生刺刺的分开，男人不好意思做声，女的却抢着说，“我们是‘一堆生’的！”太亲热的字眼，竟在“规规矩矩的”航船里说了！于是船家命令的嚷道：“我们有我们的规矩，不管你‘一堆生’不‘一堆生’的！”大家都微笑了。有的沉吟地说：“一堆生的？”有的惊奇地说：“一‘堆’生的！”有的嘲讽地说：“哼，一堆生的！”在这四面楚歌里，凭你怎样伶牙俐齿，也只得服从了！“妇者，服也”，这原是她的本行呀。只看她毫不置辩，毫不懊恼，还是若无其事地和人

如果说，“只得服了”，表现出中国人在传统与大众意识之中的软弱性的话，那么“妇者，服也”则进一步表现出封建礼教中“男尊女卑”的腐朽道德。

攀谈，便知她确乎是“服也”了。这不能不感谢船家和乘客诸公“卫道”之功；而论功行赏，船家尤当首屈一指。呜呼，可以风矣！

在黑暗里征服了两个女人，这正是我们的光荣，而航船中的精神文明，也粲（càn）然可见了——于是乎书。

粲，明亮显著的样子。

阅读指导

这是一篇旅途见闻有感一类的随笔。当时，作者“因急于来杭”，又因想在汽油轮船年代，再去体验一下先人们留传下来的老式航船，于是，不顾他人的劝阻，乘上了“很苦的”夜航船。他在这艘航船上，邂逅的所有旅伴，除了曾读过几年书的“我”以外，满船没有一个士大夫。

朱自清借对航船中“精神文明”的考察，通过对航船中上来两个女人之后那个场景的描写，猛烈地抨击了所谓的“男女不能同坐的文明”的虚伪。文中幽默辛辣，犀利激烈的言辞，对当时国民的劣根性给予了有力的抨击，无论是从内容上还是艺术上，都可与鲁迅先生媲美。

朱自清乘上了堪称“精神文明”的航船，便好奇地要观察航船上到底有怎样的“精神文明”。文章便从自己有这样的想法写起，然后重点写了自己亲眼观察到的现象。这是作者关于这篇文章的基本构思。

作者在选材上下了功夫。在文章的主体部分，抓住两个典型的场面来写航船上所谓的“精神文明”与乘客们的矛盾。第一个场面是一个独身乘船的旅客，她自己希望坐在后面，而船家却偏要按航船上的“规矩”要她坐在前面，这便惹起了一场激烈的嘴角。第二个场面是航船上上来了一对夫妻，按航船上的“规矩”坐，便要将这对夫妻分开，于是那妻子说“我们是一堆生的”，而船家说“我们有我们的规矩”，矛盾便因此产生。当然，无论是第一个独身而来的女人，还是一堆生的夫妻，最终都只得服从于航船上的“规矩”。

在刻画人物时，朱自清看似很随意，却也很精心。在写第一个女人时，作者借看不清她的容貌之缘故，省去了对她的外貌的描写，因为这不是重点，重点在于对她的语言描写，突出了她“尖锐的语言”上。但是，那“尖锐的语音”虽然有力地向航船里的“文明”提出了抗议，但最终还是因孤掌难鸣而坐下了，以无奈的行动宣布对古国封建礼教的屈服。

春晖的一月

去年在温州，常常看到本刊，觉得很是欢喜。本刊印刷的形式，也颇别致，更使我有一种美感。今年到宁波时，听许多朋友说，白马湖的风景怎样怎样好，更加向往。虽然于什么艺术都是门外汉，我却怀抱着爱“美”的热诚，三月二日，我到这儿上课来了。在车上看见“春晖中学校”的路牌，白地黑字的，小秋千架似的路牌，我便高兴。出了车站，山光水色，扑面而来，若许我抄前人的话，我真是“应接不暇”了，于是我便开始了春晖的第一日。

作者从自己的经历写起，先是煤屑路，再是小桥，最后是湖。

走向春晖，有一条狭狭的煤屑路。那黑黑的细小的颗粒，脚踏上去，便发出一种摩擦的噪音，给我多少轻新的趣味。而最系我心的，是那小小的木桥。桥黑色，由这边慢慢地隆起，到那边又慢慢地低下去，故看去似乎很长。我最爱桥上的栏杆，那变形的卐纹的栏杆；我在车站门口早就看见了，我爱它的玲珑！桥之所以可爱，或者便因为这栏杆哩。我在桥上逗留了好些时。这是一个阴天。山的容光，被云雾遮了一半，仿佛淡妆的姑娘。但三面映照起来，也就青得可以了，映在湖里，白马湖里，接着水光，却另有一番妙景。我右手是个小湖，左手是个大湖。湖有这样大，使我自己觉得小了。湖水有这样满，仿佛要漫到我的脚下。湖在山的趾边，山在湖的唇边，他俩这样亲密，湖将山全吞下去了。吞的是青的，吐的是绿的，那软软的绿呀，绿的是一片，绿的却不安于一片，它无端的皱起来了。如絮的微痕，界出无数片的绿，闪闪闪闪的，像好看的眼睛。湖边系着一只小船，四面却没有一个人，我听见自己的呼吸。想起"野渡无人舟自横"的诗，真觉物我双忘了。

先来两段对仗，中间还有比喻、拟人，立刻让人印象深刻。

"界出"是名词动用。

好了，我也该下桥去了，春晖中学校还没有看见呢。弯了两个弯儿，又过了一重桥。当面有山挡住去路，山旁只留着极狭极狭的小径。挨着小径，抹过山角，豁然开朗，春晖的校舍和历落的几处人家，都已在望了。远远看去，房屋的布置颇疏散有致，决无拥挤、局促之感。我缓缓走到校前，白马湖的水也跟我缓缓地流着。我碰着丏（miǎn）尊先生。他引我过了一座水门汀的桥，便到了校里。校里最多的是湖，三面潺潺地流着；其次是草地，看过去芊芊的一片。我是常住城市的人，到了这种空旷的地方，有莫名的喜悦！乡下人初进城，往往有许多的惊异，供给笑话的材料；我这城里人下乡，却也有许多的惊异——我的可笑，或者竟不下于初进城

用拟人的手法写湖水。

水门汀，即现在所说的水泥。

的乡下人。闲言少叙，且说校里的房屋、格式、布置固然疏落有味，便是里面的用具，也无一不显出巧妙的匠意，决无笨伯的手泽。晚上我到几位同事家去看，壁上有书有画，布置井井，令人耐坐。这种情形正与学校的布置、自然界的布置是一致的。美的一致，一致的美，是春晖给我的第一件礼物。

“美的一致，一致的美”运用了顶针修辞手法对“美”加以强调，前后意思本来差不多，但交换了顺序后，显得语言富有变化。

有话即长，无话即短，我到春晖教书，不觉已一个月了。在这一个月里，我虽然只在春晖登了十五日（我在宁波四中兼课），但觉甚是亲密。因为在这里，真能够无町畦。我看不出什么界线，因而也用不着什么防备，什么顾忌，我只照我所喜欢的做就是了，这就是自由了。从前我到别处教书时，总要做几个月的“生客”，然后才能坦然。对于“生客”的猜疑，本是原始社会的遗形物，其故在于不相知。这在现社会，也不能免的。但在这里，因为没有层迭的历史，又结合比较的单纯，故没有这种习染。这是我所深愿的！这里的教师与学生，也没有什么界限。在一般学校里，师生之间往往隔开一无形界限，这是最足减少教育效力的事！学生对于教师，“敬鬼神而远之”；教师对于学生，尔为尔，我为我，休戚不关，理乱不闻！这样两橛的形势，如何说得到人格感化？如何说得到“造成健全人格”？这里的师生却没有这样情形。无论何时，都可自由说话；一切事务，常常通力合作。校里只有协治会而没有

通过对比，突出春晖师生关系的平等融洽。

自治会。感情既无隔阂，事务自然都开诚布公，无所用其躲闪。学生因无须矫情饰伪，故甚活泼有意思。又因能顺全天性，不遭压抑，加以自然界的陶冶，故趣味比较纯正。——也有太随便的地方，如有几个人上课时喜欢谈闲天，有几个人喜欢吐痰在地板上，但这些总容易矫正的。——春晖给我的第二件礼物是真诚，一致的真诚。

春晖是在极幽静的乡村地方，往往终日看不见一个外人！寂寞是小事，在学生的修养上却有了问题。现在的生活中心，是城市而非乡村。乡村生活的修养能否适应城市的生活，这是一个问题。此地所说适应，只指两种意思：一是抵抗诱惑，二是应付环境——明白些说，就是应付人，应付物。乡村诱惑少，不能养成定力。在乡村是好人的，将来一入城市做事，或者竟抵挡不住。从前某禅师在山中修道，道行甚高，一旦入闹市，“看见粉白黛绿，心便动了”。这话看来有理，但我以为其实无妨。就一般人而论，抵抗诱惑的力量大抵和性格、年龄、学识、经济力等有“相当”的关系。除经济力与年龄外，性格、学识，都可用教育的力量提高它，这样增加抵抗诱惑的力量。提高的意思，说得明白些，便是以高等的趣味替代低等的趣味，养成优良的习惯，使不良的动机不容易有效。用了这种方法，学生达到高中毕业的年龄，也总该有相当的抵抗力了，

这里引入传闻中的故事来说明春晖学生在修养上需要注意的问题，不但有说服力，而且生动可读。

入城市生活又何妨？（不及初中毕业时者，因初中毕业，仍须续入高中，不必自己挣扎，故不成问题。）有了这种抵抗力，虽还有经济力可以作祟，但也不能有大效。前面那禅师所以不行，一因他过的是孤独的生活，故反动力甚大，一因他只知克制，不知替代，故外力一强，便“虎兕（sì）出于柙（xiá）”了！这岂可与现在这里学生的乡村生活相提并论呢？至于应付环境，我以为应付物是小问题，可以随时指导，而且这与乡村、城市无大关系。我是城市的人，但初到上海，也曾因不会乘电车而跌了一跤，跌得皮破血流，这与乡下诸公又差得几何呢？若说应付人，无非是机心！什么“逢人只说三分话，未可全抛一片心”，便是代表的教训。教育有改善人心的使命，这种机心，有无养成的必要，是一个问题。姑不论这个，要养成这种机心，也非到上海这种地方去不成，普通城市正和乡村一样，是没有什么帮助的。凡以上所说，无非要使大家相信，这里的乡村生活的修养，并不一定不能适应将来城市的生活。况且我们还可以举行旅行，以资调剂呢。况且城市生活的修养，虽自有它的好处，但也有流弊。如诱惑太多、年龄太小或性格未佳的学生，或者转易陷溺——那就不但不能磨练定力，反早早地将定力丧失了！所以城市生活的修养不一定比乡村生活的修养有效。——只有一层，乡村生活足以减少少年人的进取心，这却是真的！

虎兕出于柙，语出《论语》，比喻凶恶残暴的人行恶。

把“这却是真的”删去，意思也很完整了，但加上这五个字，句意得以大大地增强。

说到我自己，却甚喜欢乡村的生活，更喜欢这里的乡村的生活。我是在狭的笼的城市里生长的人，我要补救这个单调的生活，我现在住在繁嚣的都市里，我要以闲适的境界调和它。我爱春晖的闲适！闲适的生活可说是春晖给我的第三件礼物！

“狭的笼的”很简洁的形容词。

我已说了我的“春晖的一月”，我说的都是我要说的话。或者有人说，赞美多而劝勉少，近乎“戏台里喝彩”！假使这句话是真的，我要切实声明：我的多赞美，必是情不自禁之故，我的少劝勉，或是观察时期太短之故。

以对仗结尾。

阅读指导

1924年，经朋友夏丏尊的推荐，朱自清来到春晖中学兼课。民国时期有所谓“北有南开，南有春晖”之说，而春晖之所以如此闪亮，乃至今天仍会被一些人视为教育的圣地，首先是因为校址定于世外桃源般的白马湖畔，校园虽是半西式的，却像园林一般宁静优美，而且从每间教室出来，都可以凭栏远眺，湖光山色，真是令人心旷神怡，这正是热爱自然的朱自清所喜爱的。其次，有夏丏尊、丰子恺、匡互生、朱光潜等这一群亦文亦师的教师以春晖为家。

在夏丏尊带头下，这群有着中国教育梦想的文人教师结庐湖畔，分别建起了与学校推崇的文化及自然风光极其相称的“平屋”“小杨柳屋”。朱自清的小屋与夏丏尊的“平屋”前院只隔着一行矮墙，所以，他来到这里，便一下子融入了这群可爱的教师群体，并觉得无比幸福，因而不止一次地说“我爱春晖”。

朱自清在来春晖之前就读过夏丏尊于1923年创办的校刊《春晖》，1924年4月12日，他想到了把自己初到春晖一个月以来的感受写出来，投给《春晖》。四天后《春晖的一月》便在《春晖》上刊出了。

纵观朱自清的散文，几乎都写得绵密深厚，情真意切，但具体分析起来，又表现出两种不同的风格，一种如《荷塘月色》等那般写得绮丽纤缛，雍容典雅；一种如《背影》等那样写得本色自然，质朴平实。《春晖的一月》属于后一种。

作者写自己到春晖中学一个月的感受，毫无虚饰，如实写来，写得诚朴恳挚，因此感人至深。如果要学习这种写法，就得研究作者的真情从何而来。一方面来自作者主观上的真诚，他对春晖就是怀着一腔热情而去的；另一方面作者细心观察到的春晖环境的幽静美丽，学校人与人之间的和谐平等。由于有了这样的感情，便会产生“爱屋及乌”的热爱。他写“小小的木桥”，写桥上那“玲珑”的栏杆，写得是那样倾心；他写“被云雾遮了一半”的青山，写坐落在“山的趾边”与山唇齿相依的秀美的白马湖，写得那样深情，以至使他“物我双忘”，沉湎其中。这是春晖中学的自然环境，而春晖的人文环境也同样如此：在青山脚下，绿水之中，坐落着疏散有致的校舍，校园内流水潺潺，绿草芊芊，不仅校里的房屋、格式规划得“疏落有味”，就是教员家里也是“布置井井，令人耐坐”。这一切，对于一直生活在拥挤喧闹的城市的作者来说，有一种格外空旷舒畅、温馨熨帖的感觉。作者以城里人的眼光观察并写出了春晖中学自然环境和人文环境的“美的一致，一致的美”。

对春晖的真诚，还表现在朱自清对春晖学校存在的不足的坦诚指出。作为一个“在狭的笼的城市里”生长并且现在仍住在“繁嚣的都市里”的人，他渴望乡村的幽静，特别热爱春晖的闲适。但他也清醒地看到，闭塞的乡村生活会给学生的现代生活能力的养成带来一定障碍，并指出可以“用教育的力量”来补救这一不足。在此基础上，他再倾诉自己对春晖的闲适的热爱，就既避免了思想上的片面，又更加表现了他的坦率与真诚。

荷塘月色

既然标题为“荷塘月色”，就没必要将“颇不宁静”的因由道出来，只为去荷塘边月色下说明个缘由即可。从这里，可学作文的详略之法。

“幽僻”“寂寞”两词与此时作者的心境甚为契合。

这几天心里颇不宁静。今晚在院子里坐着乘凉，忽然想起日日走过的荷塘，在这满月的光里，总该另有一番样子吧。月亮渐渐地升高了，墙外马路上孩子们的欢笑，已经听不见了；妻在屋里拍着闰儿，迷迷糊糊地哼着眠歌。我悄悄地披了大衫，带上门出去。

沿着荷塘，是一条曲折的小煤屑路。这是一条幽僻的路；白天也少人走，夜晚更加寂寞。荷塘四面，长着许多树，蓊蓊郁郁的。路的一旁，是些杨柳，和一些不知道名字的树。没有月光的晚上，这路上阴森森的，有些怕人。今晚却很好，虽然月光也还是淡淡的。

路上只我一个人，背着手踱着。这一片天地好像是我的，我也像超出了平常的自己，到了另一个世界里。我爱热闹，也爱冷静；爱群居，也爱独处。像今晚上，一个人在这苍茫的月下，什么都可以想，什么都可以不想，便觉是个自由的人。白天里一定要做的事，一定要说的话，现在都可不理。这是独处的妙处，我且受用这无边的荷香月色好了。

曲曲折折的荷塘上面，弥望的是田田的叶子。叶子出水很高，像亭亭的舞女的裙。层层的叶子中间，零星地点缀着些白花，有袅娜地开着的，有羞涩地打着朵儿的；正如一粒粒的明珠，又如碧天里的星星，又如刚出浴的美人。微风过处，送来缕缕清香，仿佛远处高楼上渺茫的歌声似的。这时候叶子与花也有一丝的颤动，像闪电般，霎时传过荷塘的那边去了。叶子本是肩并肩密密地挨着，这便宛然有了一道凝碧的波痕。叶子底下是脉脉的流水，遮住了，不能见一些颜色，而叶子却更见风致了。

从“叶子”写到“白花”，再写到“清香”，一样一样的，依次有序地描写，毫不零乱。同时，先写静态之景，再写动态之景，动静结合，一幅“荷塘”夜景图便生动地活起来了。

月光如流水一般，静静地泻在这一片叶子和花上。薄薄的青雾浮起在荷塘里。叶子和花仿佛在牛乳中洗过一样；又像笼着轻纱的梦。虽然是满月，天上却有一层淡淡的云，所以不能朗照；但我以为这恰是到了好处——酣眠固不可少，小睡也别有风味的。月光是隔了树照过来的，高处丛生的灌木，落下参差的斑驳的黑影，峭楞楞如鬼一般；弯弯的杨柳的稀疏的倩影，却又像是画在荷叶上。塘中的月色并不均匀，但光与影有着和谐的旋律，如梵婀玲上奏着的名曲。

上段重在写“荷塘”，这段重在写“月色”。通过对月色下的荷叶与花如梦似纱的样子来侧面描写这夜的月色。

此句一向被作为典型的“通感”修辞例句。

荷塘的四面，远远近近，高高低低的都是树，而杨柳最多。这些树将一片荷塘重重围住，只在小路一旁，漏着几段空隙，像是特为月光留下的。树写灯光如“渴睡人的眼”是从正面间接反映自己的心境；写蝉与青蛙的热闹，则是从反面衬托自己的心境。

色一例是阴阴的，乍看像一团烟雾，但杨柳的丰姿，便在烟雾里也辨得出。树梢上隐隐约约的是一带远山，只有些大意罢了。树缝里也漏着一两点路灯光，没精打采的，是渴睡人的眼。这时候最热闹的，要数树上的蝉声与水里的蛙声；但热闹的是它们的，我什么也没有。

忽然想起采莲的事情来了。采莲是江南的旧俗，似乎很早就有，而六朝时为盛，从诗歌里可以约略知道。采莲的是少年的女子，她们是荡着小船，唱着艳歌去的。采莲人不用说很多，还有看采莲的人。那是一个热闹的季节，也是一个风流的季节。梁元帝《采莲赋》里说得好：

于是妖童媛女，荡舟心许；鷁（yì）首徐回，兼传羽杯；櫂（zhào）将移而藻挂，船欲动而萍开。尔其纤腰束素，迁延顾步；夏始春余，叶嫩花初，恐沾裳而浅笑，畏倾船而敛裾（jū）。

从“真是有趣的事”表现出作者对家乡江南的眷恋之情，也是对“采莲”时节那种轻松欢快心境的向往，从“无福消受”四字中，流露出作者从虚景到现实时哀伤与失落的心境。

可见当时嬉游的光景了。这真是有趣的事，可惜我们现在早已无福消受了。于是又记起《西洲曲》里的句子：

采莲南塘秋，莲花过人头；低头弄莲子，莲子清如水。

今晚若有采莲人，这儿的莲花也算得“过人头”了；只不见一些流水的影子，是不行的。这令我到底惦着江南了。——这样想着，猛一抬头，不觉已是自己的门前，轻轻地推门进去，什么声息也没有，妻已睡熟好久了。

此段，用一个破折号，将遥远的思乡之情，一下子拉回现实之中。

阅读指导

《荷塘月色》写于 1927 年“四·一二”政变之后的清华园。新文化启蒙者们一如炭火掉入了冰窟窿，感到现实是无比的冷酷。朱自清也不例外，一些个人的与国家民族的问题，都困扰着朱自清的心，一时难以得到答案，便在一个夜晚，一头扎进了荷塘月色之中，让困倦的心灵寻得了一时的慰藉。

《荷塘月色》全文充满诗情画意，情景交融，语言清雅优美，意味隽永含蓄。那“月下荷塘”和“塘上月色”的幽静净美让多少人沉醉其中，徜徉流连，同作者一起欣赏美丽的令人陶醉的荷塘月色；又引领着多少人从那一条“幽僻”的“曲折的小煤屑路”慢慢步入华美幽雅的文学殿堂，去追求艺术女神的青睐。

向来，人们对《荷塘月色》的品鉴，多在于其中的景物描写。这也确是此文为经典美文的重要原因。全文借景抒情，融情于景，写荷塘之景从“荷塘四面”开始，最后又回到“荷塘四面”，同样作者的心情也是从“不宁静”开始，在经历了“片刻逍遥”的宁静之后，又回到了“不宁静”之中，实现了情随景移、情景交融的目的。似乎全文在写景，而处处在抒情，如将荷塘“重重围住”的山，隐隐透出作者被现实压抑的心情。“阴阴”的树影也折射出作者心境的黯淡。“隐隐约约”的朦胧月色，衬托出作者迷茫的心境。树缝里的灯光“是渴睡人的眼”，表现出作者低落的情绪，即使写到了“热闹”的蝉声与蛙声，也说“热闹是它们的，我什么也没有”。

与其说这是一篇散文，不如说是一篇散文诗。其间，作者所用的比喻、排比修辞比比皆是，构成了一组朦胧而唯美的“荷塘月色”

之景。其中，丰富的联想与大量运用通感修辞手法，则最为鲜明突出。写荷香：“微风过处，送来缕缕清香，仿佛远处高楼上渺茫的歌声似的”，清香本来是嗅觉的感受，但作者把它比作“远处高楼上渺茫的歌声”，那就变成了听觉的感受了。这样，把嗅觉上的清香和听觉上的美妙加以沟通，使人感觉到香的悠远、若有若无，将无形的花香生动地表现了出来；写月下荷塘：“薄薄的清雾浮起在荷塘里。叶子和花仿佛在牛乳中洗过一样；又像笼着轻纱的梦”，荷塘上的清雾使景色朦胧迷离，所以作者把它比作“笼着轻纱的梦”，把视觉和意觉沟通起来，将荷塘的朦胧夜景描绘得如梦似幻，使人沉醉。写荷塘的月色：“塘中的月色并不均匀，但光与影有着和谐的旋律，如梵婀玲上奏着的名曲”，则是将视觉与听觉沟通起来，用“梵婀玲上奏着的名曲”来比喻光和影的和谐，既生动又优美。

朱自清在《荷塘月色》中娴熟地运用这种通感手法，各种感觉融会贯通，使他这篇散文的文笔极其优美，极富语言表现力。此外从家门出发，最后回到家的“圈式”结构，运用众多的叠词增加语言的节奏感等，都是我们在欣赏此文时不可忽视的艺术特点。

白马湖

这是触景生情的抒情方法。

今天是个下雨的日子，这使我想起了白马湖，因为我第一回到白马湖，正是微风飘萧的春日。

白马湖在甬绍铁道的驿亭站，是个极小极小的乡下地方。在北方说起这个名字，管保一百个人一百个人不知道。但那却是一个不坏的地方。这名字先就是一个不坏的名字。据说从前（宋时？）有个姓周的骑白马入湖仙去，所以有这个名字。这个故事也是一个不坏的故事。假使你乐意搜集，或也可编成一本小书，交北新书局印去。

先引用当地传说，使文章更能吸引人。

白马湖并非圆圆的或方方的一个湖，如你所想到的，这是曲曲折折大大小小许多湖的总名。湖水清极了，如你所能想到的，一点儿不含糊像镜子。沿铁路的水，再没有比这里清的，这是公论。遇到旱年的夏季，别处湖里都长了草，这里却还是一清如故。白马湖最大的，也是最好的一个，便是我们住过的屋的门前那一个。那个湖不算小，但湖口让两面的山包抄住了。外面只见微微的碧波而已，想不到有那么大的一片。湖的尽里头，有一个三四十户人家的村落，叫做西徐岙（ào），因为姓徐的多。这村落与外面本是不相通的，村里人要出来得撑船。后来春晖中学在湖边造了房子，这才造了两座玲珑的小木桥，筑起一道煤屑路，直通到驿亭车站。那是窄窄的一条人行路，蜿蜒曲折的，路上虽常不见人，走起来却不见寂寞。尤其在微雨的春天，一个初到的来客，他左顾右盼，是只有觉得热闹的。

岙，浙江、福建等沿海一带称山间平地为岙。

在陌生环境逢雨，本该让人生烦，可是朱自清却说“只有觉得热闹”，雨景即是美景，以此来烘托他对这里的热爱之情。

春晖中学在湖的最胜处，我们住过的屋也相去不远，是半西式。湖光山色从门里从墙头进来，到我们窗前、桌上。我们几家接连着；丏翁的家最讲究。屋里有名人字画，有古瓷，有铜佛，院子里满种着花。屋子里的陈设又常常变换，给人新鲜的受用。他有这样好的屋子，又是好客如命，我们便不时地上他家里喝老酒。丏翁夫人的烹调也极好，每回总是满满的盘碗拿出来，空空的收回去。白马湖最好的时候是黄昏。湖上的山笼着一层青色的薄雾，在水里映着参差的模糊的影子。水光微微地暗淡，像是一面古铜镜。轻风吹来，有一两缕波纹，但随即平静了。天上偶见几只归鸟，我们看着它们越飞越远，直到不见为止。这个时候便是我们喝酒的时候。我们说话很少；上了灯话才多些，但大家都已微有醉意。是该回家的时候了。若有月光也许还得徘徊一会；若是黑夜，便在暗里摸索醉着回去。

此处写景，从远处的山，写到近处水中的倒影和波纹，从远到近，动静相结合；又仰头看天上的归鸟，从下看到上，真是全方位地观赏黄昏美景。这些美景烘托了在丏翁家里喝酒的兴致。

白马湖的春日自然最好。山是青得要滴下来，水是满满的、软软的。小马路的两边，一株间一株地种着小桃与杨柳。小桃上各缀着几朵重瓣的红花，像夜空的疏星。杨柳在暖风里不住地摇曳。在这路上走着，时而听见锐而长的火车的笛声是别有风味的。在春天，不论是晴是雨，是月夜是黑夜，白马湖都好。——雨中田里菜花的颜色最早鲜艳；黑夜虽什么都不见，但可静静地受用春天的力量。夏夜也有好处，有月时可以在湖里划小船，四面满是青霭。船上望别的村庄，像是蜃楼海市，浮在水上，迷离徜恍的；有时听见人声或犬吠，大有世外之感。若没有月呢，便在田野里看萤火。那萤火不是一星半点的，如你们在城中所见；那是成千成百的萤火。一片儿飞出来，像金线网似的，又像耍着许多火绳似的。只有一层使我愤恨。那里水田多，蚊子太多，而且几乎全闪闪烁烁是疟蚊子。我们一家都染了疟疾，至今三四年了，还有未断根的。蚊子多足以减少露坐夜谈或划船夜游的兴致，这未免是美中不足了。

用疏星比红花，两种截然不同的事物，更让人印象深刻。

几句描写，就让人如在夏夜了。

对于全家皆因疟蚊子而染病，朱自清用了“只有”二字，意在说明这只是“美中不足”而已。这样的表达，并不破坏他对白马湖的整体好感。

离开白马湖是三年前的一个冬日。前一晚“别筵”上，有丏翁与云君，我不能忘记丏翁，那是一个真挚豪爽的朋友。但我也不能忘记云君，我应该这样说，那是一个可爱的——孩子。

阅读指导

上世纪20年代，浙江上虞白马湖畔的春晖中学夤缘时会，横空出世，在中国现代教育史上放出一段异彩，其重要原因之一，是聚集了一批思想进步、学问扎实、教育水平高的明师。刘薰宇，朱自清，朱光潜，丰子恺，匡互生……这样一批今天是中学教师，明天踏进大学就可以是教授的人，在1922年到1925年短短的两三年时间里，让刚刚从白马湖中一个小岛的荒地上拔地而起的春晖中学，变成了今天仍叫人心向神往的桃花源。把这些“质上纯粹”、“量上丰富”的明师以“同志集合”的方式凝聚在一起的核心人物，不是校长经亨颐，而是身份仅仅为国文教员的夏丏尊。

朱自清正是因夏丏尊的推荐来到春晖中学任教的。春晖环境的和谐，生活闲适，尤其是人际关系的真诚给了他极好的印象。最终举家来到白马湖的春晖中学，成为这所学校的专职教师。之后，因为种种原因朱自清离开了白马湖，但这里的一切已经在朱自清的心里刻下无法抹去的美好印记。所以，在北平的夏天一个“下雨的日子”，能够很自然地联想到了白马湖，只因为“我第一回到白马湖，正是微风飘萧的春日”。

当年，白马湖因远离城市，春晖也是新办学校，连通向外面的路也是新铺的煤屑路，桥也是新搭的木桥，可想，那里的生活是多么的单调乏味，但是，那里的湖光山色，那里的人际之和谐，给朱自清留下了极为深刻的记忆，所以在这篇回忆文章中，便描述了他记忆中的这两种美。

这篇散文在语言表达上，有很多值得玩味的语句。第三四自然段分别有都用了“最好”一词，第三段里的“最好”是指所住房屋门前的那一个，第四段里的“最好”则是指一天之间最美好的景象是黄昏时分。作者在用词上的准确与优美，还表现在一些动词的运用上。如“湖上的山笼着一层青色的薄雾，在水里映着参差的模糊的影子”中，一个“笼”字，把薄雾遍布湖面的景象形象地描写出来了；再如“山是青得要滴下来”中的“滴”字，本来是一种错觉，但夸张地描写出了山上树叶青翠欲滴的特点。此外，写景时用了许多生动优美的比喻句，如“水光微微地暗淡，像是一面古铜镜”，写出了湖面清澈而平静的特点，“小桃上各缀着几朵重瓣的红花，像夜空的疏星”，用“疏星”比喻“红花”，与其只有“几朵”的特点相符合。“一片儿飞出来，像金线网似的，又像耍着许多火绳似的”用了博喻修辞手法，即一个本体多个喻体，分别将萤火虫闪亮的特点和不断飞去的特点都描写出来了。

春

盼望着，盼望着，东风来了，春天的脚步近了。

一切都像刚睡醒的样子，欣欣然张开了眼。山朗润起来了，水涨起来了，太阳的脸红起来了。

小草偷偷地从土地里钻出来，嫩嫩的，绿绿的。园子里，田野里，瞧去，一大片一大片满是的。坐着，躺着，打两个滚，踢几脚球，赛几趟跑，捉几回迷藏。风轻悄悄的，草软绵绵的。

桃树，杏树，梨树，你不让我，我不让你，都开满了花赶趟儿。红的像火，粉的像霞，白的像雪。花里带着甜味；闭了眼，树上仿佛已经满是桃儿，杏儿，梨儿。花下成千成百的蜜蜂嗡嗡地闹着，大小的蝴蝶飞来飞去。野花遍地是，杂样儿，有名字的，没名字的，散在草丛里像眼睛像星星，还眨呀眨。

"吹面不寒杨柳风"，不错的，像母亲的手抚摸着你，风里带着些新翻的泥土的气息，混着青草味儿，还有各种花的香，都在微微润湿的空气里酝酿。鸟儿将巢安在繁花嫩叶当中，高兴起来，呼朋引伴地卖弄清脆的歌喉，唱出婉转的曲子，跟清风

一组排比，三个拟人句，一句一个景象，将眼中的春景全写活了。

对小草的描写，先直接写它的新绿，再通过人们在草地上的活动来写它软绵绵的可爱。

从树花写到野花，从色、香、味各种角度来尽现花之可爱，还从采蜜的蜜蜂、蝴蝶来烘托花之多而美。

风本身无形无影，但在朱自清笔下，通过母亲的手来比喻，通过泥土、青草、花香等的气味描写来说明风的存在。

作者通过雨丝的形的描写，树叶、小草受其润泽的描写，雨雾在乡村构成的行路图、春耕图等的描写，来表现出雨之意趣。

春天之美，更在于让人们充满了活力，只用“城里乡下，家家户户，老老小小”12个字，就将所有人在春天里的精神面貌都囊括在其中了。

一组排比，把初春比作娃娃，把仲春比作小姑娘，把暮春比作青年，既写出了春天的各种性情，更写出了春天成长、发展，走向成熟的生命活力。

流水应和着。牛背上牧童的短笛，这时候也成天嘹亮地响着。

雨是最寻常的，一下就是三两天。可别恼。看，像牛毛，像花针，像细丝，密密的斜织着，人家屋顶上全笼着一层薄烟。树叶却绿得发亮，小草也青得逼你的眼。傍晚时候，上灯了，一点点黄晕的光，烘托出一片安静而和平的夜。在乡下，小路上，石桥边，有撑着伞慢慢走着的人，地里还有工作的农民，披着蓑戴着笠。他们的房屋稀稀疏疏的，在雨里静默着。

天上的风筝渐渐多了，地上的孩子也多了。城里乡下，家家户户，老老小小，也赶趟似的，一个个都出来了。舒活舒活筋骨，抖擞抖擞精神，各做各的一份事儿去。“一年之计在于春”，刚起头儿，有的是工夫，有的是希望。

春天像刚落地的娃娃，从头到脚都是新的，它生长着。

春天像小姑娘，花枝招展的，笑着，走着。

春天像健壮的青年，有铁一般的胳膊和腰脚，领着我们向前去。

阅读指导

朱自清的《春》一文，写作时间大致在1932年下半年或1933上半年。1932年8月，朱自清漫游欧洲归来，不久便与陈竹隐女士结为夫妻，同年9月出任清华大学中国文学系主任，1933年4月又喜得贵子。这接二连三的美情好事，自然让他心境十分愉悦，所以，在《春》一文中，让人读到的是一种勃发的生机，一种向上的力量，一种对生活的热情与对未来的美好希望，字里行间，随处可以感受到作者从灵魂深处渗透出来的乐观向上的情绪，和朝气蓬勃的精神。

朱自清的《春》用充满生命活力的文字，勾勒出了一幅“早春野景”图，使他的梦的世界走向了一个开阔、蓬勃的境地，突出地展示了他要在春天的引领下“上前去”的人生信念。这样的构思，这样的意境，都应该源于朱自清对生活的热爱，对未来的希望，对理想的追求。

从文学艺术的角度来说，朱自清先生的《春》简直就是一首散文诗。朱自清是一个诗人，在他的散文中也贮着诗意。《春》中，不仅洋溢着浓郁的诗情画意，而且还具有一种自然朴素的和谐美。说其朴实，他所描写的景物，都是人们眼中有的，而用语几乎没有华丽词藻；说其和谐，无论是花与树，还是鸟声与笛声，以至春雨与农家等等之间，都相互衬托得如诗如画，美不胜收。至于用词的精心真是全篇处处可见，比如写蜜蜂嗡嗡地“闹”，写花香在湿润的空气中“酝酿”，写鸟儿“卖弄”喉咙，写细雨在微风中“斜织”等等，含义丰富，形象生动。

扬州的夏日

扬州从隋炀帝以来，是诗人文士所称道的地方；称道得多了，称道得久了，一般人便也随声附和起来。直到现在，你若向人提起扬州这个名字，他会点头或摇头说："好地方！好地方！"特别是没去过扬州而念过些唐诗的人，在他心里，扬州真像蜃楼海市一般美丽；他若念过《扬州画舫录》一类书，那更了不得了。但在一个久住扬州像我的人，他却没有那么多美丽的幻想，他的憎恶也许掩住了他的爱好，他也许离开了三四年并不去想它。若是想呢，——你说他想什么？女人，不错，这似乎也有名，但怕不是现在的女人吧？——他也只会想着扬州的夏日，虽然与女人仍然不无关系的。

虽说不去想它，但还是想了，而且将思念之情倾于文字，这该是压抑不住的乡情在作祟。

北方和南方一个大不同，在我看，就是北方无水而南方有。诚然，北方今年大雨，永定河、大清河甚至决了堤防，但这并不能算是有水。北平的三海和颐和园虽然有点儿水，但太平衍了，一览而尽，船又那么笨头笨脑的。有水的仍然是南方。扬州的夏日，好处大半便在水上——有人称为"瘦西

不怕得罪别处热爱家乡的人们，偏要通过对比，来突出扬州的好处，可见这乡情是渗入骨子里的。

湖”，这个名字真是太“瘦”了，假西湖之名以行，“雅得这样俗”，老实说，我是不喜欢的。下船的地方便是护城河，曼衍开去，曲曲折折，直到平山堂，——这是你们熟悉的名字——有七八里河道，还有许多杈杈桠桠的支流。这条河其实也没有顶大的好处，只是曲折而有些幽静，和别处不同。

沿河最著名的风景是小金山、法海寺、五亭桥，最远的便是平山堂了。金山你们是知道的，小金山却在水中央。在那里望水最好，看月自然也不错——可是我还不曾有过那样的福气。“下河”的人十之九是到这儿的，人不免太多些。法海寺有一个塔，和北海的一样，据说是乾隆皇帝下江南，盐商们连夜督促匠人造成的。法海寺著名的自然是这个塔；但还有一桩，你们猜不着，是红烧猪头。夏天吃红烧猪头，在理论上也许不甚相宜，可是在实际上，挥汗吃着，倒也不坏的。五亭桥如名字所示，是五个亭子的桥。桥是拱形，中一亭最高，两边四亭，参差相称；最宜远看，或看影子，也好。桥洞颇多，乘小船穿来穿去，另有风味。

与其说是味蕾抗御不了红烧猪头的诱惑，还不如说是对扬州美食文化的崇重。一如重庆人，摇着大蒲扇吃火锅。

平山堂在蜀冈上，登堂可见江南诸山淡淡的轮廓；“山色有无中”一句话，我看是恰到好处，并不算错。这里游人较少，闲坐在堂上，可以永日。沿路光景，也以闲寂胜。从天宁门或北门下船，蜿蜒的城墙，在水里倒映着苍黝的影子，小船悠然地

此段写“闲寂”，用城墙、倒影、

小船三个事物便勾勒出一幅悠闲的水上图画。

撑过去，岸上的喧扰像没有似的。

船有三种：大船专供宴游之用，可以挟妓或打牌。小时候常跟了父亲去，在船里听着谋得利洋行的唱片。现在这样乘船的大概少了吧？其次是“小划子”，真像一瓣西瓜，由一个男人或女人用竹篙撑着。乘的人多了，便可雇两只，前后用小凳子跨着，这也可算得“方舟”了。后来又有一种“洋划”，比大船小，比“小划子”大，上支布篷，可以遮日遮雨。

这样的船，不似渡船，乘着划着，要的就是一种意趣，自然地，就有了吟诗作画之美感。

“洋划”渐渐地多，大船渐渐地少，然而“小划子”总是有人要的。这不独因为价钱最贱，也因为它的伶俐。一个人坐在船中，让一个人站在船尾上用竹篙一下一下地撑着，简直是一首唐诗，或一幅山水画。而有些好事的少年，愿意自己撑船，也非“小划子”不行。“小划子”虽然便宜，却也有些分别。譬如说，你们也可想到的，女人撑船总要贵些，姑娘撑的自然更要贵啰。这些撑船的女子，便是有人说过的“瘦西湖上的船娘”。船娘们的故事大概不少，但我不很知道。据说以乱头粗服、风趣天然为胜，中年而有风趣，也仍然算好。可是起初原是逢场作戏，或尚不伤廉惠，以后居然有了价格，便觉意味索然了。

北门外一带，叫做下街，“茶馆”最多，往往一面临河。船行过时，茶客与乘客可以随便招呼说话。船上人若高兴时，也可以向茶馆中要一壶茶，或一两种“小笼点心”，在河中喝着，吃着，谈着。回来时再将茶壶和所谓小笼，连价款一并交给茶馆中人。撑船的都与茶馆相熟，他们不怕你白吃。扬州的小笼点心实在不错，我离开扬州，也走过七八处大大小小的地方，还没有吃过那样好的点心，这其实是值得惦记的。茶馆的地方大致总好，名字也颇有好的。如香影廊、绿杨村、红叶山庄，都是到现在还记得的。绿杨村的幌子，挂在绿杨树上，随风飘展，使人想起“绿杨城郭是扬州”的名句。里面还有小池、丛竹、茅亭，景物最幽。这一带的茶馆布置都历落有致，迥（jiǒng）非上海、北平方方正正的茶楼可比。

这里不只是通过对家乡的美食情结来表达对家乡的热爱，更有对家乡那纯朴、谐和的人情的赞美与留恋。

“下河”总是下午。傍晚回来，在暮霭朦胧中上了岸，将大褂折好搭在腕上，一手微微摇着扇子，这样进了北门或天宁门走回家中，这时候可以念“又得浮生半日闲”那一句诗了。

扬州留给作者的不只是夏日乘船游玩，沿路享受美食之美，最重要的，还是这“闲”情之美。这正是在外奔波劳累之人最为向往、最为倾心之处。

阅读指导

朱自清原籍浙江绍兴，生于江苏东海县，因祖父、父亲长期定居扬州，大约六七岁时随全家由东海迁来扬州，他成长于扬州，故自称“我是扬州人”。1912年，朱自清于安徽旅扬公学高等小学毕业后，以优异成绩考入扬州两淮中学（即今江苏省扬州中学）。1916年，朱自清以“品学兼优”毕业，并考入北京大学预科。他虽然远离扬州求学于北京，但他的心一直系着扬州。

这是作者的一篇思乡之作。朱自清开篇即说，由于久住扬州，他不像一般人那样，对扬州抱有那么多美丽的幻想。甚至“他的憎恶也许掩住了他的爱好”，但话虽这么说，扬州毕竟是他的故乡，所以，他在此文中将家乡情结，全倾注在了令他怀念的扬州的夏日风光上。他对扬州的认识是客观的，也是全面的，所以他说唯一令他怀念的是扬州的夏日风光。对于久居这地来说，有多少人不也是这样的一种感情呢？从中可见朱自清散文所表露出来的真诚与真情。

朱自清说扬州令他最怀念的是夏日，夏日中又令他最为难忘的，那便是“船”了。他说扬州夏日的好处大半在“水”上，将笔墨直接间接地落在“水”上：乘船游览，所行的是蜿蜒曲折的江南水道；小金山、法海寺、五亭桥、平山堂，都因为得了一泓碧水的灵气而生动如画；写船的花样种类和“瘦西湖上的船娘”，更是为了衬托扬州特有的水趣。你瞧，在他眼里，“一个人坐在船中，让一个人站在船尾上用竹篙一下一下地撑着，简直是一首唐诗，或一幅山水画。”

至于茶馆的妙趣，也得之于“水”。因为茶馆一面临河，不仅便于茶客和乘客的随意交流，而且船上人兴致一来也可以向茶馆要一壶茶或一两种“小笼点心”，在河中优哉游哉地享用，游船简直就是流动的茶馆。扬州的湖色水光虽未被刻意描绘，然而流溢于笔底的尽是关于扬州之水的富于情韵的美感。这就是作者对扬州之夏的独特感觉,也就是朱自清眼中雅趣横生的扬州。最后全落在一句“又得浮生平日闲”的古诗上煞尾，将对扬州由衷眷恋之意表达得淋漓尽致，写到此，谁能说他对扬州的“憎恶”掩住了爱好呢？或者说，他在开篇所说的憎恶，只是在运用欲扬先抑的技巧罢了。

冬天

抒情性的文章，大都忌讳空发情感，会给人无病呻吟之嫌。朱自清写亲情，先在冬天，“端”出一锅热腾腾的豆腐，将亲情蕴含在其中。借物抒情，这让感情更为真实，更为可知可感。

说起冬天，忽然想到豆腐。是“小洋锅”白煮豆腐，热腾腾的。水滚着，像好些鱼眼睛，一小块一小块豆腐养在里面，嫩而滑，仿佛反穿的白狐大衣。锅在“洋炉子”上，和炉子都熏得乌黑乌黑，越显出豆腐的白。这是晚上，屋子老了，虽点着“洋灯”，也还是阴暗。围着桌子坐的是父亲跟我们哥儿三个。“洋炉子”太高了，父亲得常常站起来，微微地仰着脸，觑（qù）着眼睛，从氤（yīn）氲（yūn）的热气里伸进筷子，夹起豆腐，一一地放在我们的酱油碟里。

我们有时也自己动手，但炉子实在太高了，总还是坐享其成的多。这并不是吃饭，只是玩儿。父亲说晚上冷，吃了大家暖和些。我们都喜欢这种白水豆腐，一上桌就眼巴巴望着那锅，等着那热气，等着热气里从父亲筷子上掉下来的豆腐。

文字表面说是眼巴巴地等父亲筷子上掉下来的豆腐，其实真正想说的是等着父亲筷子上传递过来的亲情。

又是冬天，记得是阴历十一月十六晚上。跟S君P君在西湖里坐小划子，S君刚到杭州教书，事先来信说：“我们要游西湖，不管它是冬天。”那晚月色真好，现在想起来还像照在身上。本来前一晚是“月当头”，也许十一月的月亮真有些特别吧。那时九点多了，湖上似乎只有我们一只划子。有点风，月光照着软软的水波，当间那一溜儿反光，像新砑的银子。湖上的山，只剩了淡淡的影子。

月色好的超越时间，及生动的写法，令读者感同身受。

山下偶尔有一两星灯火。S君口占两句诗道：“数星灯火认渔村，淡墨轻描远黛痕。”我们都不大说话，只有均匀的桨声。我渐渐地快睡着了。P君“喂”了一下，才抬起眼皮，看见他在微笑。船夫问要不要上净慈寺去，是阿弥陀佛生日，那边蛮热闹的。到了寺里，殿上灯烛辉煌，满是佛婆念佛的声音，好像醒了一场梦。这已是十多年前的事了，S君还常常通着信，P君听说转变了好几次，前年是在一个特税局里收特税了，以后便没有消息。

S君口占诗句，定然是游兴甚浓，当“我”快睡着了，他却还在微笑。与其说是湖光月影让他陶醉，不如说是因为有“我”的陪伴，让他的夜游充满快意。这就是友情。

在台州过了一个冬天，一家四口子。台州是个山城，可以说在一个大谷里。只有一条二里长的大街。别的路上，白天简直不大见人，晚上一片漆黑。偶尔人家窗户里透出一点灯光，还有走路的拿着的火把，但那是少极了。我们住在山脚下。有的是山上松林里的风声跟天上一只两只的鸟影。夏末到那里，春初便走，却好像老在过着冬天似的，可是即便真冬天也并不冷。我们住在楼上，书房临着大路，路上有人说话，可以清清楚楚地听见。但因为走路的人太少了，间或有点说话的声音，听起来还只当远风送来的，想不到

写路人少，飞鸟也少，为的是烘托作者一家在台州生活的寂寞。

就在窗外。我们是外路人，除上学校去之外，常只在家里坐着。妻也惯了那寂寞，只和我们爷儿们守着。外边虽老是冬天，家里却老是春天。有一回我上街去，回来的时候，楼下厨房的大方窗开着，并排地挨着她们母子三个，三张脸都带着天真微笑的向着我。似乎台州空空的，只有我们四人；天地空空的，也只有我们四人。那时是民国十年，妻刚从家里出来，满自在。现在她死了快四年了，我却还老记着她那微笑的影子。

无论怎么冷，大风大雪，想到这些，我心上总是温暖的。

这里写天地间“只有我们四人”，不是述说寂寞，而是说，只要一家四口厮守在一起，就有了整个世界，突出家的温馨，亲情的温暖。

前面写一家人厮守一起，可以排遣客居的孤寂，但读到这里，才令人明白，前面的文字都是在为怀念亡妻作铺垫，淡淡而温暖的文字令人动容。

阅读指导

提起冬天，人们想到的自然是大雪纷飞，寒气逼人。然而朱自清笔下的冬天，给他带来的却是一股暖流，一种人间温暖的热流充盈其间。朱自清先生不愧为写情的高手。这篇《冬天》选取生活中的三个片断，写尽了父爱的温馨，并把这人间真情扩展到友情、爱情，既揭示了亲情的美好、友情的绵长，又昭示着爱情的甜蜜。一篇《背影》不知令天下多少父子柔肠百结，令多少读者掩卷沉思，而这篇《冬天》与之相得益彰，或者说，更能体现朱自清文章中细腻而深沉的情感，让读者明白，只要有亲情、友情、爱情，无论冬天的风雪有多么大，天气有多么冷，无论人世有多少艰难困苦，心中永远都会感觉是温暖的。

朱自清的《冬天》，构思很质朴，就是围绕“冬天”这个背景，选用了三个来自生活的场景（吃豆腐、泛舟西湖、客居台州），描绘出三幅图画，展现出人间亲情、友情、爱情的这一美好主题。此作成为经典，与其说在于作者的艺术技巧，不如说是作者渗透在字里行间的那浓浓的情感。

巧妙地运用对比映衬的手法是本文的特色，文章中冬天的寒冷与内心的温暖形成鲜明的对比，营造出“冬天里的春天”的气氛。比如第二幅画面，月夜泛舟西湖，时令是冬天，时间是晚上九点多钟，当时的环境是“湖上似乎只有我们一只划子”，“山下偶尔有两星灯火”（可见人们大多入睡了），且“有点风”。而“我们”三人感觉像是春天，所以“我渐渐地快睡着了”，“S君口占两句诗”，最后都在“微笑”。淡淡的笑，驱散了冬天的寒意，浓浓的友情，化解了冬天的严寒。

文章的语言质朴却饱蘸着情意，比如写父亲夹豆腐的情景。他“微微地仰着脸，觑着眼睛，从氤氲的热气里伸进筷子，夹起豆腐，一一地放在我们的酱油碟里”。一“仰”一“觑”一“伸”一“夹”一“放”，几个平常的动作却诠释了无言的父爱，饱含着作者的感激之情，虽在冬天，怎不感到春天般的温暖？读到这样的画面，自然会让人联想到《背影》里父亲攀越站台为作者买橘子的画面。同一个父亲，不同的行动，诠释的是同样温暖的父爱。

看 花

生长在大江北岸一个城市里，那儿的园林本是著名的，但近来却很少，似乎自幼就不曾听见过“我们今天看花去”一类话，可见花事是不盛的。有些爱花的人，大都只是将花栽在盆里，一盆盆搁在架上，架子横放在院子里。院子照例是小小的，只够放下一个架子，架上至多搁二十多盆花罢了。有时院子里依墙筑起一座“花台”，台上种一株开花的树，也有在院子里地上种的。但这只是普通的点缀，不算是爱花。

作者心目中的“爱花”应该是怎样的情形呢？先造个悬念。

家里人似乎都不甚爱花，父亲只在领我们上街时，偶然和我们到“花房”里去过一两回。但我们住过一所房子，有一座小花园，是房东家的。那里有树，有花架（大约是紫藤花架之类），但我当时还小，不知道那些花木的名字，只记得爬在墙上的是蔷薇而已。园中还有一座太湖石堆成的洞门，现在想来，似乎也还好的。在那时由一个顽皮的少年仆人领了我去，却只知道跑来跑去捉蝴蝶。有时掐挼，揉搓。

下几朵花，也只是随意挼（ruó）弄着，随意丢弃了。至于领略花的趣味，那是以后的事：夏天的早晨，我们那地方有乡下的姑娘在各处街巷，沿门叫着，“卖栀（zhī）子花来。”栀子花不是什么高品，但我喜欢那白而晕黄的颜色和那肥肥的个儿，正和那些卖花的姑娘有着相似的韵味。栀子花的香，浓而不烈，清而不淡，也是我乐意的。

在“不大弄得清楚”之中，已经流露出少年在卖花姑娘面前，情窦的萌动之意了。

我这样便爱起花来了。也许有人会问：“你爱的不是花吧？”这个我自己其实也已不大弄得清楚，只好存而不论了。

在高小的一个春天，有人提议到城外F寺里吃桃子去，而且预备白吃，不让吃就闹一场，甚至打一架也不在乎。那时虽远在五四运动以前，但我们那里的中学生却常有打进戏园看白戏的事。中学生能白看戏，小学生为什么不能白吃桃子呢？我们都这样想，便由那提议人纠合了十几个同学，浩浩荡荡地向城外而去。到了F寺，气势不凡地呵叱着道人们（我们称寺里的工人为道人），立刻领我们向桃园里去。道人们踌躇着说：“现在桃树刚才开花呢。”但是谁信道人们的话？我们终于到了桃园里。大家都丧了气，原来花是真开着呢！这时提议人P君便去折花。道人们是一直步步跟着的，立刻上前劝阻，而且用起手来。但P君是我们中最不好惹的，“说时迟，那时快”，一眨眼，花在他的手里，道人已踉跄在一旁了。那一园子的桃花，想来总该有些可看，我们却谁也没有想着去看。只嚷着："没有桃子，得沏茶喝！"道人们满肚子委屈地引我们到"方丈"里，大家各喝一大杯茶。这才平了气，谈谈笑笑地进城去。大概我那时还只懂得爱一朵朵的栀子花，对于开在树上的桃花，是并不了然的，所以眼前的机会，便从眼前错过了。

写对满园的桃花之不惜不爱，为的是反衬作者心中对那浓而不烈、清而不淡的栀子花以及卖花姑娘的惦恋之情。

以后渐渐念了些看花的诗，觉得看花颇有些意思。但到北平读了几年书，却只到过崇效寺一次，而去得又嫌早些，那有名的一株绿牡丹还未开呢。北平看花的事很盛，看花的地方也很多，但那时热闹的似乎也只有一班诗人名士，其余还是不相干的。那正是新文学运动的起头，我们这些少年，对于旧诗和那一班诗人名士，实在有些不敬。而看花的地方又都远不可言，我是一个懒人，便干脆地断了那条心了。后来到杭州做事，遇见了Y君，他是新诗人兼旧诗人，看花的兴致很好，我和他常到孤山去看梅花。孤山的梅花是古今有名的，但太少，又没有临水的，人也太多。有一回坐在放鹤亭上喝茶，来了一个方面有须，穿着花缎马褂的人，用湖南口音和人打招呼道："梅花盛开嗒！""盛"字说得特别重，使我吃了一惊；但我吃惊的也只是说在他嘴里"盛"这个声音罢了，花的盛不盛，在我倒并没有什么的。

那见人就打招呼道"梅花盛开嗒"的人，可以断定是个"花痴"，写"花痴"的目的还在于反衬作者对花事的淡漠，因为他只顾喝茶，还说"花的盛不盛开，在我倒并没有什么的"。

这是一篇“观花”的作品，洋洋洒洒写了那么多，终于写到作者真正爱了一回那骨都儿的梅花。这倒让人想象着，灵峰寺那三百株梅花一定是有与众不同的诱惑力。

有一回，Y来说，灵峰寺有三百株梅花，寺在山里，去的人也少。我和Y，还有N君，从西湖边雇船到岳坟，从岳坟入山。曲曲折折走了好一会，又上了许多石级，才到山上寺里。寺甚小，梅花便在大殿西边园中。园也不大，东墙下有三间净室，最宜喝茶看花。北边有座小山，山上有亭，大约叫“望海亭”吧，望海是未必，但钱塘江与西湖是看得见的。梅树确是不少，密密地低低地整列着。那时已是黄昏，寺里只我们三个游人。梅花并没有开，但那珍珠似的繁星似的骨都儿，已经够可爱了，我们都觉得比孤山上盛开时有味。大殿上正做晚课，送来梵呗的声音，和着梅林中的暗香，真叫我们舍不得回去。在园里徘徊了一会，又在屋里坐了一会，天是黑定了，又没有月色，我们向庙里要了一个旧灯笼，照着下山。路上几乎迷了道，又两次三番地狗咬，我们的Y诗人确有些窘了，但终于到了岳坟。船夫远远迎上来道：“你们来了，我想你们不会冤我呢！”在船上，我们还不离口地说着灵峰的梅花，直到湖边电灯光照到我们的眼。

Y回北平去了，我也到了白马湖。那边是乡下，只有沿湖与杨柳相间着种了一行小桃树，春天花发时，在风里娇媚地笑着，还有山里的杜鹃花也不少。这些日日在我们眼前，从没有人像煞有介事地提议：“我们看花去。”但有一位S君，却特别爱养花，他家里几乎是终年不离花的。我们上他家去，总看他在那里不是拿着剪刀修理枝叶，便是提着壶浇水。我们常乐意看着。他院子里一株紫薇花很好，我们在花旁喝酒，不知多少次。白马湖住了不过一年，我却传染了他那爱花的嗜好。但重到北平时，住在花事很盛的清华园里，接连过了三个春，却从未想到去看一回。只在第二年秋天，曾经和孙三先生在园里看过几次菊花。“清华园之菊”是著名的，孙三先生还特地写了一篇文，画了好些画。但那种一盆一干一花的养法，花是好了，总觉没有天然的风趣。直到去年春天，有了些余闲，在花开前，先向人问了些花的名字。一个好朋友是从知道姓名起的，我想看花也正是如此。恰好Y君也常来园中，我们一天三四趟地到那些花下去徘徊。今年Y君忙些，我便一个人去。我爱繁花老干的杏，临风婀娜的小红桃，贴梗累累如珠的紫荆，但最恋恋的是西府海棠。海棠的花繁得好，也淡得好；艳极了，却没有一丝荡意。疏疏的高干子，英气隐隐逼人，可惜没有趁着月色看过。王鹏运有两句词道：“只愁淡月朦胧影，难验微波上下潮。”我想月下的海棠花，大约便是这种光景吧。为了海棠，前两天在城里特地冒了大风到中山公园去，看花的人倒也不少，但不知怎的，却忘了畿（jī）辅先哲祠。Y告我那里的一株，遮住了大半个院子，别处的都向上长，这一

作者这样的经历，真如“近处无风景”之说，况且，S君给予他的“传染”，更有着花下酌酒的助兴。

终于，作者也成了“花痴”。

畿辅，指京都周围附近的地区。

从不爱看花，还嘲笑爱花的诗人文士，到自己也爱上了花，成为花痴，以至于向诗人文士道歉。可见，作者写出了自己对花的态度与情感的转变。

株却是横里伸张的。花的繁没有法说，海棠本无香，昔人常以为恨，这里花太繁了，却酝酿出一种淡淡的香气，使人久闻不倦。Y告我，正是刮了一日还不息的狂风的晚上，他是前一天去的。他说他去时地上已有落花了，这一日一夜的风，准完了。他说北平看花，是要赶着看的，春光太短了，又晴的日子多；今年算是有阴的日子了，但狂风还是逃不了的。我说北平看花，比别处有意思，也正在此。这时候，我似乎不甚菲薄那一班诗人名士了。

阅读指导

朱自清大约六七岁时随父来到江苏扬州之后，父亲带他去了一两回“花房”。别人也带他扑捉过蝴蝶，摘过花朵。只随手摆弄会儿就丢弃了。他说爱花是后来的事。那时，他认识一种叫“栀子花”的，是大街上姑娘家出来叫卖的花。那栀子花虽不是好的品种，但他“喜欢那白而晕黄的颜色和那肥肥的个儿，正和那些卖花姑娘有着相似的韵味”。这是他爱花的开始。可见，所爱之花是与姑娘相并存在的，这应该是与他的“情窦初开”有着联系。他到过寺旁的桃树园，即便桃花绽放，他心里还是惦记第一次那“栀子花”的印象。因为，那栀子花可以使他联想起“姑娘相似的韵味”。后来引发“念了些看花的诗”也是和“栀子花”有联想，甚至是关联的。他用“白黄，肥肥的个儿，浓而不烈，清而不淡”品味花和世间的女子。

朱自清的《看花》一文采用了先抑后扬的笔法，从不闻花事到领略花趣，并迷恋上赏花品花，最终成为谈花赞花的高手，逐渐把读者引入如花似锦的世界，从中体验到美的情韵。

文章起笔，谈花的兴致并不高。小时候对花毫不珍惜，直到闻到“浓而不烈，清而不淡”的栀子花香，才开始领略了花的趣味，但更多是因那卖花的姑娘。在杭州孤山望梅花是作者对花的关注与用情的一个转折点。后半部分就重笔细绘了看花的乐趣，揭示出爱花的真谛，用真心与真情去体验。之后，作者又粗笔勾画出几次异地观花的情景：白马湖乡间的桃花，山野上怒放着的杜鹃花；朋友庭院中的紫薇花，清华园中的盆栽菊……

作者对花的描写，没有走大众套路，写灵峰寺的梅花重在它是骨都儿，写S君庭院的紫薇花下可以酌酒，而西府海棠有“疏疏的高干子，英气隐隐逼人”，而中山公园的海棠则是郁郁葱葱，“横里伸张”……朱自清长于描写刻画的艺术之功，总是处处呈现。

说扬州

在第十期上看到曹聚仁先生的《闲话扬州》，比那本出名的书有味多了。不过那本书将扬州说得太坏，曹先生又未免说得太好；也不是说得太好，他没有去过那里，所说的只是从诗赋中、历史上得来的印象。这些自然也是扬州的一面，不过已然过去，现在的扬州却不能再给我们那种美梦。

从把扬州说得“太坏”到未免说得“太好”中，朱自清暗示读者，他将站在现实中，用求是的眼光与中肯的态度来评说扬州。

自己从七岁到扬州，一住十三年，才出来念书。家里是客籍，父亲又是在外省当差事的时候多，所以与当地贤豪长者并无来往。他们的雅事，如访胜、吟诗、赌酒、书画名家、烹调佳味，我那时全没有份，也全不在行。因此虽住了那么多年，并不能做扬州通，是很遗憾的。记得的只是光复的时候，父亲正病着，让一个高等流氓凭了军政府的名字，敲了一竹杠。还有，在中学的几年里，眼见所谓“甩子团”横行无忌。“甩子”是扬州方言，有时候指那些“怯”的人，有时候指那些满不在乎的人。“甩子团”不用说是后一类，他们多数是绅宦家子弟，仗着家里或者“帮”里的势力，在各公共场所闹标劲，如看戏不买票、起哄等等，也有包揽词讼、调戏妇女的。更可怪的，大乡绅的仆人可以指挥警察区区长，可以大模大样招摇过市——这都是民国五六年的事，并非前清君主专制时代。自己当时血气方刚，看了一肚子气，可是人微言轻，也只好让那口气憋着罢了。

客居他乡，又久而不能入俗，自然会有孤独之感，而当地痞子之流也自然会拿外乡客下手，所以，朱自清述说一家客居在扬州时的苦楚是自然而然的想法，从中也可见其真性情。

从前扬州是个大地方，如曹先生那文所说。现在盐务不行了，简直就算个没“落儿”的小城。

可是一般人还忘其所以地要气派，自以为美，几乎不知天多高地多厚。这真是所谓“夜郎自大”了。扬州人有“扬虚子”的名字，这个“虚子”有两种意思，一是大惊小怪，二是以少报多，总而言之，不离乎虚张声势的毛病。他们还有个“扬盘”的名字，譬如东西买贵了，人家可以笑话你是“扬盘”；又如店家价钱要的太贵，你可以诘问他：“把我当扬盘看么？”盘是捧出来给别人看的，正好形容要气派的扬州人。又有所谓“商派”，讥笑那些仿效盐商的奢侈生活的人，那更是气派中之气派了。但是这里只就一般情形说，刻苦诚笃的君子自然也有，我所敬爱的朋友中，便不缺乏扬州人。

在数落了扬州人的“夜郎自大”“大惊小怪”“耍气派”等毛病之后，“但是”一转，对扬州人中“刻苦诚笃”者的颂扬，足见其于人于事的客观。

提起扬州这地名，许多人想到的是出女人的地方。但是我长到那么大，从来不曾在街上见过一个出色的女人，也许那时女人还少出街吧？不过从前人所谓“出女人”，实在指姨太太与妓女而言；那个“出”字就和出羊毛，出苹果的“出”字一样。《陶庵梦忆》里有“扬州瘦马”一节，就记的这类事，但是我毫无所知。不过纳妾与狎妓的风气渐渐衰了，“出女人”那句话怕迟早会失掉意义的吧。

《陶庵梦忆》，明朝散文家张岱所著。

另有许多人想，扬州是吃得好的地方，这个保你没错儿。北平寻常提到江苏菜，总想着是甜甜的腻腻的。现在有了淮扬菜，才知道江苏菜也有不甜的，但还以为油重，和山东菜的清淡不同。其实真正油重的是镇江菜，上桌子常教你腻得无可奈何。扬州菜若是让盐商家的厨子做起来，虽不到山东菜的清淡，却也滋润、利落，决不腻嘴腻舌。不但味道鲜美，颜色也清丽悦目。扬州又以面馆著名，好在汤味醇美，是所谓白汤，由种种出汤的东西如鸡鸭鱼肉等熬成，好在它的厚，和啖熊掌一般。也有清汤，就是一味鸡汤，倒并不出奇。内行的人吃面要“大煮”；普通将面挑在碗里，浇上汤，“大煮”是将面在汤里煮一会，更能入味些。

人人离不开饮食，一天三顿，顿顿不落，但未必人人如朱自清一般，走到哪里，吃到哪里，更重要的是都能将美食的特点甚至烹饪方法一一道来，这对饮食文化也是一大贡献，虽并非特意，但弥足珍贵。

扬州最著名的是茶馆，早上去下午去都是满满的，吃的花样最多。坐定了沏上茶，便有卖零碎的来兜揽，手臂上挽着一个黯淡的柳条筐，筐子里摆满了一些小蒲包分放着瓜子花生炒盐豆之类。又有炒白果的，在担子上铁锅爆着白果，一片铲子的声音。得先告诉他，才给你炒。炒得壳子爆了，露出黄亮的仁儿，铲在铁丝罩里送过来，又热又香。还有卖五香牛肉的，让他抓一些，摊在干荷叶上，叫茶房拿点好麻酱油来，拌上慢慢地吃，也可向卖零碎的买些白酒——扬州普通都喝白酒——喝着。这才叫茶房烫干丝。北平现在吃干丝，都是所谓煮干丝，那是很浓的，当菜很好，当点心却未必合适。烫干丝先将一大块方的白豆腐干飞快地切成薄片，再切为细丝，放在小碗里，用开水一浇，干丝便熟了。逼去了水，抟成圆锥似的，再倒上麻酱油，搁一撮虾米和干笋丝在尖儿，就成。说时迟，那时快，刚瞧着在切豆腐干，一眨眼已端来了。烫干丝就是清得好，不妨碍你吃别的。接着该要小笼点心。北平淮扬馆子出卖的汤包，诚哉是好，在扬州却少见，那实在是淮阴的名字，扬州不该掠美。扬州的小笼点心，肉馅儿的、蟹肉馅儿的、笋肉馅儿的且不用说，最可口的是菜包子、菜烧卖，还有干菜包子。菜选那最嫩的，剁成泥，加一点儿糖一点儿油，蒸得白生生的，热腾腾的，到口轻松地化去，留下一

前面讲述干丝的做法用墨不少，这里突出厨师做这道菜的速度，却用寥寥二十来字，就形神兼备了。

丝儿余味。干菜也是切碎，也是加一点儿糖和油，燥湿恰到好处，细细地咬嚼，可以嚼出一点橄榄般的回味来。这么着每样吃点儿也并不太多。要是有饭局，还尽可以从容地去。但是要老资格的茶客才能这样有分寸，偶尔上一回茶馆的本地人外地人，却总忍不住狼吞虎咽，到了儿捧着肚子走出。

仅“捧着肚子走出”几个字，就足以表现干菜的美味了。

扬州游览以水为主，以船为主，已另有文记过，此处从略。城里城外古迹很多，如“文选楼”、“天保城”、“雷塘”、“二十四桥”等，却很少人留意，大家常去的只是史可法的“梅花岭”罢了。倘若有相当的假期，邀上两三个人去寻幽访古倒有意思。自然，得带点花生米、五香牛肉、白酒。

文章的结尾没有总结，没有概括，没有点题之笔，只是顺着思路，遐想去梅花岭游玩的最佳方式而已。自然地结尾，毫无造作之态。

阅读指导

朱自清在大约六七岁时随父迁居扬州，在扬州上过小学、中学，大学毕业后又曾在扬州江苏省立八中（扬州中学前身）执教，13年后才离开扬州，虽然他先后到过浙江、江苏、上海、北京等中学、大学任教，1948年8月12日因贫病交加在北平逝世，但他半个世纪的生命历程中，扬州无疑占据了重要地位，因而在他的作品中，有不少直接写扬州的篇章，《说扬州》就是其中一篇。

朱自清在他的作品里，对扬州没有刻意去粉饰溢美之词，写的全是大实话，甚至不乏对扬州人尖锐批评。在《说扬州》里他就毫不客气地批评扬州人有“夜郎自大”的不足，还说“可是一般人还忘其所以地要气派，自以为美，几乎不知天多高地多厚”。正因为对于“生于斯，死于斯，歌哭于斯”的扬州，他爱得太深，所以才会如此毫不忌讳地指摘，可见其用情至真至纯。

朱自清在这篇文章开篇，对扬州人不无批评，有人认为他“忘本”“不恭”，然而，真正的文学家是要讲真话的，何况，他所说的扬州的弊端或毛病，都是实际问题，从朱自清的其他作品中都可以看出朱自清是一个率真的作家。然而，当我们在阅读到介绍扬州美食时，特别是烫干丝、小笼点心时，就会味蕾兴奋，可想朱自清会更是如此。还有那美不胜收的古迹名胜也让朱自清铭记于心。其实，走遍天下，何处无美食，何处无名胜，说到底，这些惦记都是思乡情绪在作祟。因此，这是一篇思乡之作。

为了表达自己的思乡情结。在写作技法上，从以下几方面体现出朱自清的功夫。

其一，在材料安排时，采用了先抑后扬的写法。朱自清先写扬州给他留下的一些不好的印象，如遭流氓敲竹杠，亲见“甩子团”横行无忌等等。但是，扬州虽不是朱自清出生的地方，但却是朱自清成长的地方，所以，在后文，他用了一大半的文字对扬州的吃与玩大加赞美。在内容上也有详略，其他的美食都是点到为止，唯对烫干丝的制作过程与技艺作了详细的介绍，可以猜想，朱自清该是对这味美食情有独钟。

其二，通过对比介绍来突出扬州的美食。比如扬州菜的油重与山东菜的清淡相比，还将北平的煮干丝与扬州的烫干丝相比，北平的汤包与扬州的小笼包相比……比来比去，最终还是觉得家乡扬州的美食好。这不但出于一种从小习惯了的品味，更说明作者心中那份离远犹浓的乡情。

其三，在构思时采用了先总后分的思维方式。这主要体现在后半部分写扬州的美食上。朱自清先说“另有许多人想，扬州是吃得好的地方。这个保你没错儿”。这是总起。接下来就以百姓常去的茶馆为美食享受的主要场所，分别写了扬州菜的味，茶馆里常见的炒白果、五香牛肉、烫干丝、小笼包等。内容很丰富，且显得很有秩序。

南 京

起笔便道出自己对南京的“留连”，自然引出后文要写的值得“留连”之处。

南京是值得留连的地方，虽然我只是来来去去，而且又都在夏天。也想夸说夸说，可惜知道的太少，现在所写的，只是一个旅行人的印象罢了。

逛南京像逛古董铺子，到处都有些时代侵蚀的遗痕。你可以摩挲，可以凭吊，可以悠然遐想。想到六朝的兴废，王谢的风流，秦淮的艳迹。这些也许只是老调子，不过经过自家一番体贴，便不同了。所以我劝你上鸡鸣寺去，最好选一个微雨天或月夜。在朦胧里，才酝酿着那一缕幽幽的古味。你坐在一排明窗的豁蒙楼上，吃一碗茶，看面前苍然蜿蜒着的台城。台城外明净荒寒的玄武湖就像大涤子的画。豁蒙楼一排窗子安排得最有心思，让你看的一点不多，一点不少。寺后有一口灌园的井，可不是那陈后主和张丽华躲在一堆儿的“胭脂井”。那口胭脂井不在路边，得破费点工夫寻觅。井栏也不在井上，要看，得老远地上明故宫遗址的古物保存所去。

这里突然出现了“你”，让读者一下进入文中，开始陪作者游南京了。

“拣”字运用得传神。

从寺后的园地，拣着路上台城，没有垛子，真像平台一样。踏在茸茸的草上，说不出的静。夏天白昼有成群的黑蝴蝶，在微风里飞，这些黑蝴蝶上下旋转地飞，远看像一根粗的圆柱子。城上可以望南京的每一角。这时候若有个熟悉历代形势的人，给你指点，隋兵是从这角进来的，湘军是从那角进来的，你可以想象异样装束的队伍，打着异样的旗帜，拿着异样的武器，汹汹涌涌地进来，远远仿佛还有哭喊之声。假如你记得一些金陵怀古的诗词，趁这时候暗诵几回，也可印证印证，许更能领略作者当日的情思。

三言两语，就将读者引进了南京这座有着浓厚历史文化的旧城，曾经有过的或精彩、或惊心、或感人的故事之中。

从前可以从台城爬出去，在玄武湖边；若是月夜，两三个人，两三个零落的影子，歪歪斜斜地挪移下去，够多好。现在可不成了，得出寺，下山，绕着大弯儿出城。七八年前，湖里几乎长满了苇子，一味地荒寒，虽有好月光，也不大能照到水上；船又窄，又小，又漏，教人逛着愁着。这几年大不同了，一出城，看见湖，就有烟水苍茫之意。船也大多了，有藤椅子可以躺着。水中岸上都光光的，亏得湖里有五个洲子点缀着，不然便一览无余了。这里的水是白的，又有波澜，俨然长江大河的气势，与西湖的静绿不同，最宜于看月，一片空蒙，无边无界。若在微醺之后，迎着小风，似睡非睡地躺在藤椅上，听着船底汩汩的波响与不知何方来的箫声，真会教你忘却身在哪里。五个洲子似乎都局促无可看，但长堤宛转相通，却值得走走。湖上的樱桃最出名。据说樱桃熟时，游人在树下现买，现摘，现吃，谈

将“空蒙”的月色，与人“微醺”的状态，以及远处的箫声结合在一起，形成一幅既朦胧又唯美的夜景图。

着笑着，多热闹的。

清凉山在一个角落里，似乎人迹不多。扫叶楼的安排与豁蒙楼相仿佛，但窗外的景象不同。这里是滴绿的山环抱着，山下一片滴绿的树，那绿色真是扑到人眉宇上来。若许我再用画来比，这怕像王石谷的手笔了。在豁蒙楼上不容易坐得久，你至少要上台城去看看。在扫叶楼上却不想走，窗外的光景好像满为这座楼而设，一上楼便什么都有了。夏天去确有一股"清凉"味。这里与豁蒙楼全有素面吃，又可口，又贱。

"扑"字运用得生动。

莫愁湖在华严庵里。湖不大，又不能泛舟，夏天却有荷花荷叶，临湖一带屋子，凭栏眺望，也颇有远情。莫愁小像，在胜棋楼下，不知谁画的，大约不很古吧。但脸子开得秀逸之至，衣褶（zhě）也柔活之至，大有"挥袖凌虚翔"的意思。若让我题，我将毫不踌躇地写上"仙乎仙乎"四字。另有石刻的画像，也在这里，想来许是那一幅画所从出，但生气反而差得多。这里虽也临湖，因为屋子深，显得阴暗些，可是古色古香，阴暗得好。诗文联语当然多，只记得王湘绮的半联云："莫轻他北地胭脂，看艇子初来，江南儿女无颜色。"气概很不错。

前面说"显得阴暗"，看似有些贬义，而后面说"阴暗得好"才明白这里的"阴暗"与环境相配得恰到好处。

所谓胜棋楼，相传是明太祖与徐达下棋，徐达胜了，太祖便赐给他这一所屋子。太祖那样人，居然也会做出这种雅事来了。左手临湖的小阁却敞亮得多，也敞亮得好。有曾国藩画像，忘记是谁横题着“江天小阁坐人豪”一句。我喜欢这个题句，“江天”与“坐人豪”，景象阔大，使得这屋子更加开朗起来。

秦淮河我已另有记。但那文里所说的情形，现在已大变了。从前读《桃花扇》《板桥杂记》一类书，颇有沧桑之感；现在想到自己十多年前身历的情形，怕也会有沧桑之感了。前年看见夫子庙前旧日的画舫，那样狼狈的样子，又在老万全酒栈看秦淮河水，差不多全黑了，加上巴掌大、透不出气的所谓秦淮小公园，简直有些厌恶，再别提做什么梦了。贡院原也在秦淮河上，现在早拆得只剩一点儿了。民国五年父亲带我去看过，已经荒凉不堪，号舍里草都长满了。父亲曾经办过江南闱差，熟悉考场的情形，说来头头是道。他说考生入场时，都有送场的，人很多，门口闹嚷嚷的。天不亮就点名，搜夹带，大家都归号。似乎直到晚上，头场题才出来，写在灯牌上，由号军扛着在各号里走。所谓“号”，就是一条狭长的胡同，两旁排列着号舍，口儿上写着什么天字号、地字号等等的。每一号舍之大，恰好容一个人坐着。从前人说是像轿子，真不错。几天里吃饭、睡觉、做文章，都在这轿子里，坐的伏的各有一块硬板，如是而已。官号稍好一些，是给达官贵人的子弟预备的，但得补褂朝珠地入场，那时是夏秋之交，天还热，也够受的。父亲又说，乡

四句话写四个不满意的景点，还写出了不满意的地方。

这段文字主要运用短句，用极为简洁的话语便将封建社会的科举考试还原出来了，读来既上口又有情景复原感。

试时场外有兵巡逻，防备通关节。场内也竖起黑幡，叫鬼魂们有冤报冤，有仇报仇。我听到这里，有点毛骨悚然。现在贡院已变成碎石路，在路上走的人，怕很少想起这些事情的了吧？

本段写故宫，引用李白词句，烘托了景象的衰败特点，让人见了会生出朝代更替、历史变迁的悲凉之感。

明故宫只是一片瓦砾场，在斜阳里看，只感到李太白《忆秦娥》的“西风残照，汉家陵阙”二语的妙。午门还残存着，遥遥直对洪武门的城楼，有万千气象。古物保存所便在这里，可惜规模太小，陈列得也无甚次序。明孝陵道上的石人石马，虽然残缺零乱，还可见泱泱大风。享殿并不巍峨，只陵下的隧道，阴森袭人，夏天在里面待着，凉风沁人肌骨。这陵大概是开国时草创的规模，所以简朴得很，比起长陵，差得真太远了。然而简朴得好。

雨花台的石子，人人皆知，但现在怕也捡不着什么了。那地方毫无可看。记得刘后村的诗云：“昔年讲师何处在，高台犹以‘雨花’名。有时宝向泥寻得，一片山无草敢生。”我所感的至多也只如此。还有，前些年南京枪决囚人都在雨花台下，所以洋车夫遇见别的车夫和他争先时，常说：“忙什么！赶雨花台去！”这和从前北京车夫说“赶菜市口儿”一样。

一句俚语，代表了南京的平民文化。

现在时移势异，这种话渐渐听不见了。

燕子矶在长江里看，一片绝壁，危亭翼然，的确惊心动魄。但到了上边，逼窄污秽，毫无可以盘桓之处。燕山十二洞，去过三个。只三台洞层层折折，由幽入明，别有匠心，可是也年久失修了。

南京的新名胜，不用说，首推中山陵。中山陵全用青白两色，以象征青天白日，与帝王陵寝用红墙黄瓦的不同。假如红墙黄瓦有富贵气，那青琉璃瓦的享堂，青琉璃瓦的碑亭却有名贵气。从陵门上享堂，白石台阶不知多少级，但爬得够累的，然而你远看，决想不到会有这么多的台阶儿。这是设计的妙处。德国波慈达姆无愁宫前的石阶，也同此妙。享堂进去也不小，可是远处看，简直小得可以，和那白石的飞阶不相称，一点儿压不住，仿佛高个儿戴着小尖帽。近处山角里一座阵亡将士纪念塔，粗粗的，矮矮的，正当着一个青青的小山峰，让两边儿的山紧紧抱着，静极，稳极。——谭墓没去过，听说颇有点丘壑。中央运动场也在中山陵近处，全仿外洋的样子。全国运动会时，也不知有多少照相与描写登在报上，现在是时髦的游泳的地方。

将民国大总统之陵与封建帝王之陵的最大特点先加以区别，突出了两者之间的本质不同。

若要看旧书，可以上江苏省立图书馆去。这在汉西门龙蟠里，也是一个角落里。这原是江南图书馆，以丁丙的善本书室藏书为底子，词曲的书特别多。此外中央大学图书馆近年来也颇有不少书。中央大学是个散步的好地方，宽大，干净，有树木。黄昏时去兜一个或大或小的圈儿，最有意思。后面有个梅庵，是那会写字的清道人的遗迹。这里只是随宜地用树枝搭成的小小的屋子。庵前有一株六朝松，但据说实在是

这里的描写语言实在简洁干净，写中央大学的环境只用了七个字，把它作为风景来描写，且点明最美的时间在黄昏。

对南京美食的介绍，运用了说明性语言。但出来毫无枯燥之感，因为文字里描写美食的色、香、味，无不惹人垂涎三尺。

六朝桧，桧荫遮住了小院子，真是不染一尘。

南京茶馆里干丝很为人所称道。但这些人必没有到过镇江、扬州，那儿的干丝比南京细得多，又从来不那么甜。我倒是觉得芝麻烧饼好，一种长圆的，刚出炉，既香，且酥，又白，大概各茶馆都有。咸板鸭才是南京的名产，要热吃，也是香得好；肉要肥要厚，才有咬嚼。但南京人都说盐水鸭更好，大约取其嫩，其鲜，那是冷吃的，我可不知怎样，老觉得不大得劲儿。

阅读指导

朱自清的《南京》发表于1934年10月1日的《中学生》上，朱自清虽然不曾在南京谋事长住，但他对南京情有独钟。通过朱自清那细腻的笔触，南京的古代遗迹——胭脂井、莫愁湖、台城寺庵，以及远山近湖、楼台亭榭等等，都展现出它们那幽远、美丽的姿态，可以说，南京的美景因朱自清的散文而变得更加诱人，而朱自清也因创作了赞美南京的散文而声名更著。

朱自清的散文处处透着一丝淡淡的哀愁，带着一层浅浅的“灰”调。就像“笼着轻纱的梦”。这就是朱自清散文的飘逸与优美之处，也是惹人爱之处。有读者这样说：“读朱自清的散文，需在酒足饭饱之后，泡一杯清茶，一边酩茶，一边赏读，那种滋味有如出家人诵经时的恬静淡雅。”

朱自清的写景散文总是那么细腻，其味要慢慢品读，才能嚼出一词一句本身带着的韵律和味道，一如《西游记》里写到的吃人参果，切忌不可像猪八戒那样贪多贪快，那样是不能真正走进朱自清文字所创造的意境的。

胭脂井、鸡鸣寺、玄武湖、清凉山、莫愁湖、秦淮河、贡院、夫子庙、明故宫、雨花台、中山陵、芝麻饼、咸水鸭……《南京》一文的妙处，就在于作者没有刻意去追求行文的时空感。偌大一座古城，写什么，就看哪些景物在作者心中印象深，感受深，差不多是一段一景，没有过渡，一如导游的解说词。但是，导游的解说词只是将他人拟定的文字照本背熟而已，而朱自清文中的一景一物都连着过往的历史，连着都城的文化，所以，这篇文章虽在写“现在”眼中的景物，却折射出了“历史”的厚重，作者的情感在时间和空间上都有了延展，所以使得文章层次变多，读起来更感丰满笃重。

威尼斯

威尼斯是一个别致地方。出了火车站，你立刻便会觉得，这里没有汽车，要到哪儿，不是搭小火轮，便是雇“刚朵拉”。大运河穿过威尼斯像反写的S，这就是大街。另有小河道四百十八条，这些就是小胡同。轮船像公共汽车，在大街上走。“刚朵拉”是一种摇橹的小船，威尼斯所特有，它哪儿都去。威尼斯并非没有桥，三百七十八座，有的是。只要不怕转弯抹角，哪儿都走得到，用不着下河去。可是轮船中人还是很多，“刚朵拉”的买卖也似乎并不坏。

别致两字概括出威尼斯给作者的总体感觉。

将水城威尼斯与平时熟悉的陆城对比着描写，让不了解威尼斯的人有了直接的感知。

威尼斯是“海中的城”，在意大利半岛的东北角上，是一群小岛，外面一道沙堤隔开亚得利亚海。在圣马克方场的钟楼上看，团花簇锦似的东一块西一块在绿波里荡漾着。远处是水天相接，一片茫茫。这里没有什么煤烟，天空干干净净，在温和的日光中，一切都像透明的。中国人到此，仿佛在江南的水乡，夏初从欧洲北部来的，在这儿还可看见清清楚楚的春天的背影。海水那么绿，那么酽（yàn），会带你到梦中去。

这两句又是作者拿手的修辞手法——通感。

威尼斯不单是明媚，在圣马克方场走走就知道，这个方场南面临着一道运河，场中偏东南便是那可以望远的钟楼。威尼斯最热闹的地方是这儿，最华妙庄严的地方也是这儿。除了西边，围着的都是三百年以上的建筑，东边居中是圣马克堂，却有了八九百年——钟楼便在它的右首。再向右是“新衙门”，教堂左首是“老衙门”。这两溜儿楼房的下一层，现在满开了铺子。铺子前面是长廊，一天到晚是来来去去的人。紧接着教堂，直伸向运河去的是公爷府，这个一半属于小方场，另一半便属于运河了。

对于方场的介绍，更像说明文字，但方位十分清楚，随着文字的移动，便可去神游一回了。

圣马克堂是方场的主人，建筑在十一世纪，原是卑赞廷式，以直线为主。十四世纪加上戈昔式的装饰，如尖拱门等；十七世纪又参入文艺复兴期的装饰，如栏杆等。所以庄严华妙，兼而有之，这正是威尼斯人的漂亮劲儿。教堂里屋顶与墙壁上满是碎玻璃嵌成的画，大概是真金色的地，蓝色和红色的圣灵像，这些像做得非常肃穆。教堂的地是用大理石铺的，颜色花样种种不同。在那种空阔阴暗的氛围中，你觉得伟丽，也觉得森严。教堂左右那两溜儿楼房，式样各别，并不对称。钟楼高三百二十二英尺，也偏在一边儿。但这两溜房子都是三层，都有许多拱门，恰与教堂的门面与圆顶相称，又都是白石造成，越衬出教堂的金碧辉煌来。教堂右边是向运河去的路，是一个小方场，本来显得空阔些，钟楼恰好填了这个空子，好

既然将“圣马克堂”称为方场的主人，当然要对它做一番更为详尽的描述，在下文的描述中，既有“华美”的形貌介绍，更有“庄严”的神韵介绍。

像我们戏里大将出场，后面一杆旗子总是偏着取势，这方场中的建筑，节奏其实是和谐不过的。十八世纪意大利卡那来陀（Canaletto）一派画家专画威尼斯的建筑，取材于这方场的很多。德国德莱司敦画院中有几张，真好。公爷府里有好些名人的壁画和屋顶画，丁陶来陀（Tintoretto，十六世纪）的大画《乐园》最著名，但更重要的是它建筑的价值。运河上有了这所房子，增加了不少颜色。这全然是戈昔式，动工在九世纪初，以后屡次遭火，屡次重修，现在的据说还是原来的式样。最好看的是它的西南两面，西面斜对着圣马克方场，南面正在运河上。在运河里看，真像在画中。它也是三层：下两层是尖拱门，一眼看去，无数的柱子。最下层的拱门简单疏阔，是载重的样子；上一层便繁密得多，为装饰之用；最上层却更简单，一根柱子没有，除了疏疏落落的窗和门之外，都是整块的墙面。墙面上用白的与玫瑰红的大理石砌成素朴的方纹，在日光里鲜明得像少女一般。

用“节奏”的“和谐”比喻方场建筑之美，运用了通感修辞手法，让无声无息的建筑群有了音乐流动的美感。

威尼斯人真不愧着色的能手。这所房子从运河中看，好像在水里。下两层是玲珑的架子，上一层才是屋子；这是很巧的结构，加上那艳而雅的颜色，令人有惝恍迷离之感。府后有太息桥，从前一边是监狱，一边是法院，狱囚提讯须过这里，所以得名。拜伦诗中曾咏此，因而便脍炙人口起来，其实也只是近世的东西。

这是威尼斯“别致”的其中之一，也是其中很小的一个代表而已。但在朱自清三言两语的勾勒下，其特征尽呈。

威尼斯的夜曲是很著名的。夜曲本是一种抒情的曲子，夜晚在人家窗下随便唱。可是运河里也有。晚上在圣马克方场的河边上，看见河中有红绿的纸球灯，便是唱夜曲的船。雇了“刚朵拉”摇过去，靠着那个船停下，船在水中间，两边挨次排着“刚朵拉”，在微波里荡着，像是两只翅膀。唱曲的有男有女，围着一张桌子坐，轮到了便站起来唱，旁边有音乐和着。曲词自然是意大利语，意大利的语音据说最纯粹、最清朗。听起来似乎的确斩截些，女人的尤其如此——意大利的歌女是出名的。音乐节奏繁密，声情热烈，想来是最流行的“爵士乐”。在微微摇摆的红绿灯球底下，颤着酽（yàn）酽的歌喉，运河上一片朦胧的夜也似乎透出玫瑰红的样子。唱完几曲之后，船上有人跨过来，反拿着帽子收钱，多少随意。不愿意听了，还可摇到第二处去。这个略略像当年的秦淮河的光景，但秦淮河却热闹得多。

演出场也是“别致”的，舞台在船上，观众席也在船上，运河则是演出场。

红绿的灯球、酽酽的歌喉、朦胧的夜，再次见证了这样如梦似幻的意境是朱自清所钟爱的一种审美情景。

从圣马克方场向西北去，有两个教堂在艺术上是很重要的。一个是圣罗珂堂，旁边有一所屋子，墙上屋顶上满是画；楼上下大小三间屋，共六十二幅画，是丁陶来陀的手笔。屋里暗极，只有早晨看得清楚。丁陶来陀作画时，因地制宜，大部分只粗粗勾勒，利用阴影，教人看了觉得是几经琢磨似的。《十字架》一幅在楼上小屋内，力量最雄厚。佛拉利堂在圣罗珂近旁，有大画家铁沁（Titian，十六世纪）和近代雕刻家卡奴洼（Canova）的纪念碑。卡奴洼的，灵巧，是自己打的样子；铁沁的，宏壮，是十九世纪中叶才完成的。他的《圣处女升天图》挂在神坛后面，那朱红与亮蓝两种颜色鲜明极了，全幅气韵流动，如风行水上。倍里尼（Giovanni Bellini，十五世纪）的《圣母像》，也是他的精品。他们都还有别的画在这个教堂里。

用“风行水上”比喻名画的气质，让读者马上就感受到那种感觉。

从圣马克方场沿河直向东去，有一处公园，从一八九五年起，每两年在此地开国际艺术展览会一次。今年是第十八届，加入展览的有意、荷、比、西、丹、法、英、奥、苏俄、美、匈、瑞士、波兰等十三国，意大利的东西自然最多，种类繁极了。未来派立体派的图画雕刻，都可见到，还有别的许多新奇的作品，说不出路数。颜色大概鲜明，教人眼睛发亮；建筑也是新式，简截不啰嗦，痛快之至。苏俄的作品不多，大概是工农生活的表现，兼有沉毅和高兴的调子。他们也用鲜明的颜色，但显然没有很费心思在艺术上，作风老老实实，并不向牛犄角里寻找新奇的玩意儿。

有意无意地，用“不啰嗦”一词概括了意大利建筑的特点，作者将建筑拟人化了，“痛快之至”则道出了作者对这种风格的建筑的喜爱之情。

威尼斯的玻璃器皿，刻花皮件，都是名产，以典丽风华胜，缂（kè）丝也不错。大理石小雕像，是著名大品的缩本，出于名手的还有味。

阅读指导

1931年8月至1932年7月，朱自清留学英国并漫游欧洲大陆，记下许多旅途见闻，集成散文集《欧游杂记》。本文便是其中很有代表性的一篇。

威尼斯这座世界名城已被许多人写入文中，摹在画上，摄入镜头，要想突破他人窠臼，重新再现这座城市的美丽风光，需要寻找另一种独特的视角。朱自清在他的游记散文《威尼斯》中，用了风情与游踪双线交叠的手法，时而游踪，时而风物，分散重合，穿插交融，实现了风情与游踪的整合，创造出了新的艺术景象，重构出一种和谐的美。读者可以循着文章时空交叉，情景相融的线索，做一次关于威尼斯的神游。

《威尼斯》一文，洋洋洒洒数千言，看似作者写得拉拉杂杂，但归纳起来，抓住了威尼斯的两大特点，一是水城，二是艺术，从而表现了文首所概括的“别致”的特点。

首先威尼斯是水乡泽国。威尼斯是“海中的城”，大运河像反写的S横穿全城，河替代了街，小河道便像北京的小胡同。大小河道互相贯通，轮船和“刚朵拉”在运河里随意游荡，惬意得很。作者描绘威尼斯最诱人的夜景，在于大运河上回荡着的抒情小夜曲，很像江南名胜秦淮河的光景。只是秦淮河的笙歌彻夜，更具迷人色彩。威尼斯有的是桥，桥桥相连，四通八达，想去哪儿都走得到，无需下河。在将威尼斯与中国江南水乡对比的过程中，自然地就将两国的文化作了一回交融，从中可见，虽然两国相距万里，但文化上很多地方是相通的。

其次是文化艺术氛围。意大利作为欧洲文化的摇篮，除了在音乐、绘画、工艺制造上都有其绝妙之处外，朱自清特别用功于对威尼斯建筑艺术的介绍，为了给读者空间的感觉，他将视觉集中在方场。即使是方场，其建筑群也是很多的，于是，他抓住方场的主人“圣马克堂”作详细的描写介绍，但这还显得太单一了，又写了小方场的钟楼。但钟楼毕竟不是“主角”，没有多加描写而喧宾夺主。威尼斯的艺术还在于绘画。单是圣罗珂堂就有62幅画，还有佛拉利堂里的，怎能一一介绍，于是，前者写力量最雄厚的《十字架》，后者写气韵流动的《圣处女升天图》，点面结合，点到为止。

至于威尼斯的国际艺术展览会只是这座别致的水乡泽国、艺术之都的烘托而已，便只作了简介，使文章在整体叙述上更显得详略有序，重点突出。

罗　马

先对罗马城的总体特点作出简介。虽说为简介，但它曾经的光荣与华美在简洁的文字中已初见端倪。

罗马是历史上大帝国的都城，想象起来，总是气象万千似的。现在它的光荣虽然早过去了，但是从七零八落的废墟里，后人还可仿佛于百一。这些废墟，旧有的加上新发掘的，几乎随处可见，像特意点缀这座古城的一般。这边几根石柱子，那边几段破墙，带着当年的尘土，寂寞地陷在大坑里。虽然在夏天中午的太阳，照上去也黯黯淡淡，没有多少劲儿。其中罗马市场规模最大。这里是古罗马城的中心，有法庭、神庙，与住宅的残迹。卡司多和波鲁斯庙的三根哥林斯式的柱子，顶上还有片石相连着，在全场中最为秀拔，像三个丰姿飘洒的少年用手横遮着额角，正在眺望这一片古市场。想当年这里终日挤挤闹闹的也不知有多少人，各有各的心思，各有各的手法，现在只剩三两起游客指手画脚地在死一般的寂静里。犄角上有一所住宅，情形还好。一面是三间住屋，有壁画，已模糊了，地是嵌石铺成的。旁厢是饭厅，壁画极讲究，画的都是正大的题目，他们是很看重饭厅的。市场上面便是巴

既然是“中心”，当然该先作介绍。

拉丁山，是饱历兴衰的地方。最早是一个村落，只有些茅草屋子，罗马共和末期，一姓贵族聚居在这里，帝国时代，更是繁华。游人走上山去，两旁宏壮的住屋还留下完整的黄土坯子，可以见出当时阔人家的气局。屋顶一片平场，原是许多花园，总名法内塞园子，也是四百年前的旧迹，现在点缀些花木，一角上还有一座小喷泉。在这园子里看脚底下的古市场，全景都在望中了。

从“废墟”中挖掘历史人物与故事，增添建筑的文化内容。

市场东边是斗狮场，还可以看见大概的规模，在许多宏壮的废墟里，这个算是情形最好的。外墙是一个大圆圈儿，分四层，要仰起头才能看到顶上。下三层都是一色的圆拱门和柱子，上一层只有小长方窗户和楞子，这种单纯的对照教人觉得这座建筑是整整的一块，好像直上云霄的松柏，老干亭亭，没有一些繁枝细节。里面中间原是大平场，中古时在这儿筑起堡垒，现在满是一道道颓毁的墙基，倒成了四不像。这场子便是斗狮场，环绕着的是观众的坐位。下两层是包厢，皇帝与外宾的在最下层，上层是贵族的，第三层公务员坐，最上层平民坐，共可容四五万人。狮子洞还在下一层，有口直通场中。斗狮是一种刑罚，也可以说是一种裁判：罪囚放在狮子面前，让狮子去搏他；他若居然制死了狮子，便是直道在他一边，他就可自由了。但自然是让狮子吃掉的多，这些人大约就算活该。想到临场

既然是“情形最好的”，当然应该在写完“中心”后写它了。

写景要多用比喻，代入读者熟悉的事物。

罪囚、亲族、仇人、皇帝、观众心态各异，寥寥几笔，一幅斗狮图便展现出来。

的罪囚和他亲族的悲苦与恐怖，他的仇人的痛快，皇帝的威风，与一般观众好奇的紧张的面目，真好比一场恶梦。这个场子建筑在一世纪，原是戏园子，后来才改作斗狮之用。

视线向南移动，来到卡拉卡拉浴场，这样不至于在方位上混乱。

斗狮场南面不远是卡拉卡拉浴场。古罗马人颇讲究洗澡，浴场都造得好，这一所更其华丽。全场用大理石砌成，用嵌石铺地，有壁画，有雕像，用具也不寻常。房子高大，分两层，都用圆拱门，走进去觉得稳稳的。里面金碧辉煌，与壁画雕像相得益彰。居中是大健身房，有喷泉两座。场子占地六英亩，可容一千六百人洗浴。洗浴分冷热水蒸气三种，各占一所屋子。古罗马人上浴场来，不单是为洗澡；他们可以在这儿商量买卖、和解讼事等等，正和我们上茶店上饭店一般作用。这儿还有好些游艺，他们公余或倦后来洗一个澡，找几个朋友到游艺室去消遣一回，要不然，到客厅去谈谈话，都是很“写意”的。现在却只剩下一大堆遗迹。大理石本来还有不少，早给搬去造圣彼得等教堂去了，零星的物件陈列在博物院里。我们所看见的只是些巍巍峨峨参参差差的黄土骨子，站在太阳里，还有学者们精心研究出来的《卡拉卡拉浴场图》的照片，都只是所谓过屠门大嚼而已。

又以国内熟悉的场所相类比，虽在异国他乡，但见了这个有家乡特点的浴场便有了一种亲切感。

屠门大嚼，比喻心里想而得不到，只好用不切实际的办法来安慰自己。

罗马从中古以来便以教堂著名。康南海《罗马游纪》中引杜牧的诗“南朝四百八十寺，多少楼台烟雨中”，光景大约有些相像的，只可惜初夏去的人无从领略那烟雨罢了。圣彼得堂最精妙，在城北尼罗圆场的旧址上。尼罗在此地杀了许多基督教徒。据说圣彼得上十字架后也便葬在这里。这教堂几经兴废，现在的房屋是十六世纪初年动工，经了许多建筑师的手。密凯安杰罗七十二岁时，受保罗第三的命，在这儿工作了十七年。后人以为天使保罗第三假手于这一个大艺术家，给这座大建筑定下了规模，以后虽有增改，但大体总是依着他的。教堂内部参照卡拉卡拉浴场的式样，许多高大的圆拱门稳稳地支着那座穹隆顶。教堂长六百九十六英尺，宽四百五十英尺，穹隆顶高四百零三英尺，可是乍看不觉得是这么大。因为平常看屋子大小，总以屋内饰物等为标准，饰物等的尺寸无形中是有谱子的。圣彼得堂里的却大得离了谱子，“天使像巨人，鸽子像老鹰”；所以教堂真正的大小，一下倒不容易看出了。但是你若看里面走动着的人，便渐渐觉得不同。教堂用彩色大理石砌墙，加上好些嵌石的大幅的名画，大都是亮蓝与朱红二色，鲜明丰丽，不像普通教堂一味阴沉沉的。密凯安杰罗雕的彼得像，温和光洁，别是一格，在教堂的犄角上。

在“烟雨楼台”中再次找到了中西方文化可以融会之处。

对比的写法，先写平常屋子大小。

圣彼得堂两边的列柱回廊像两只胳膊拥抱着圣彼得圆场，留下一个口子，却又像个玦（jué）。

玦，半环形有缺口的佩玉。

场中央是一座埃及的纪功方尖柱，左右各有大喷泉。那两道回廊是十七世纪时亚历山大第三所造，成于倍里尼（Pernini）之手。廊子里有四排多力克式石柱，共二百八十四根；顶上前后都有栏杆，前面栏杆上并有许多小雕像。场左右地上有两块圆石头，站在上面看同一边的廊子，觉得只有一排柱子，气魄更雄伟了。这个圆场外有一道弯弯的白石线，便是梵蒂冈与意大利的分界。教皇每年复活节站在圣彼得堂的露台上为人民祝福，这个场子内外据说是拥挤不堪的。

圣保罗堂在南城外，相传是圣保罗葬地的遗址，也是柱子好。门前一个方院子，四面廊子里都是些整块石头凿出来的大柱子，比圣彼得的两道廊子却质朴得多。教堂里面也简单空廓，没有什么东西。但中间那八十根花岗石的柱子，和尽头处那六根蜡石的柱子，纵横地排着，看上去仿佛到了人迹罕至的远古的森林里。柱子上头墙上，周围安着嵌石的历代教皇像，一律圆框子。教堂旁边另有一个小柱廊，是十二世纪造的。这座廊子围着一所方院子，在低低的墙基上排着两层各色各样的细柱子——有些还嵌着金色玻璃块儿。这座廊子精工可以说像湘绣，秀美却又像王羲之的书法。

正因为教堂是个空廓，才会感觉到八十根柱子如远古森林，给人森幽、阴冷之感。

又用通感，恰到好处。

在城中心的威尼斯方场上巍然蹯踞着的，是也马奴儿第二的纪功廊。这是近代意大利的建筑，不缺少力量。一道弯弯的长廊，在高大的石基上。前面三层石级：第一层在中间，第二三层分开左右两道，通到廊子两头。这座廊子左右上下都匀称，中间又有那一弯，便兼有动静之美了。从廊前列柱间看到暮色中的罗马全城，觉得幽远无穷。

罗马艺术的宝藏自然在梵蒂冈宫，卡辟多林博物院中也有一些，但比起梵蒂冈来就太少了。梵蒂冈有好几个雕刻院，收藏约有四千件，著名的《拉奥孔》（Laocoön）便在这里。画院藏画五十幅，都是精品，拉飞尔的《基督现身图》是其中之一，现在却因修理关着。梵蒂冈的壁画极精彩，多是拉飞尔和他门徒的手笔，为别处所不及。有四间拉飞尔室和一些廊子，里面满是他们的东西。拉飞尔由此得名。他是乌尔比奴人，父亲是诗人兼画家。他到罗马后，极为人所爱重，大家都要教他画，他忙不过来，只好收些门徒作助手。他的特长在画人体。这是实在的人，肢体圆满而结实，有肉有骨头。这自然受了些佛罗伦司派的影响，但大半还是他的天才。他对于气韵、远近、大小与颜色也都有敏锐的感觉，所以成为大家。他在罗马住的屋子还在，坟在国葬院里。歇司丁堂与拉飞尔室齐名，也在宫内。这个神堂是十五世纪时歇司土司第四造的，长一百三十三英尺，宽四十五英尺。两旁墙的上部，都由佛罗伦司派画家装饰，有波铁乞利在内。屋顶的画满都是密凯安杰罗的，歇司丁堂著名在此。密

将二者加以比较，自然让人将关注点落在梵蒂冈上了。

将相关的艺术大师的情况顺势引出，自然而然，将建筑与艺术，将人物与文化交织在一起，使这篇记游的散文不至于过于客观而少了意味。

密凯安杰罗，今译“米开朗基罗”。

凯安杰罗是佛罗伦司派的极峰。他不多作画，一生精华都在这里。他画这屋顶时候，以深沉肃穆的心情渗入画中。他的构图里气韵流动着，形体的勾勒也自然灵妙，还有那雄伟出尘的风度，都是他独具的好处。堂中祭坛的墙上也是他的大画，叫做《最后的审判》。这幅壁画是以后多年画的，费了他七年工夫。

罗马城外有好几处隧道，是一世纪到五世纪时候基督教徒挖下来做墓穴的，但也用作敬神的地方。尼罗搜杀基督教徒，他们往往避难于此。最值得看的是圣卡里斯多隧道。那儿还有一种热诚花，十二瓣，据说是代表十二使徒的。我们看的是圣赛巴司提亚堂底下的那一处，大家点了小蜡烛下去。曲曲折折的狭路，两旁是大大小小深深浅浅的墓穴，现在自然是空的，可是有时还看见些零星的白骨。有一处据说圣彼得住过，成了龛（kān）堂，壁上画得很好。

另处也还有些壁画的残迹。这个隧道似乎有四层，占的地方也不小。圣赛巴司提亚堂里保存着一块石头，上有大脚印两个，他们说是耶稣基督的，现在供养在神龛里。另一个教堂也供着这么一块石头，据说是仿本。

缧绁，捆绑犯人用的绳索。

缧绁（léi xiè）堂建于第五世纪，专为供养拴过圣彼得的一条铁链子。现在这条链子还好好的在一个精美的龛子里。堂中周理乌司第二纪念碑上有密凯安杰罗雕的几座像，摩西像尤为著名。那种原始的坚定的精神和勇猛的力量从眉目上、胡须上、胳膊上、手上、腿上，处处透露出来，教你觉得见着了一个伟大的人。又有个阿拉古里堂，中有圣婴像。这个圣婴自然便是耶稣基督，是十五世纪耶路撒冷一个教徒用橄榄木雕的。他带它到罗马，供养在这个堂里。四方来许愿的很多，据说非常灵验，它身上密层层地挂着许多金银饰器都是人家还愿的。还有好些信写给它，表示敬慕的意思。

重点介绍"尤为著名"的摩西像。

罗马城西南角上，挨着古城墙，是英国坟场或叫做新教坟场。这里边葬的大都是艺术家与诗人，所以来参谒来凭吊的意大利人和别国的人终日不绝。就中最有名的自然是十九世纪英国浪漫诗人雪莱与济兹的墓。雪莱的心葬在英国，他的遗灰在这儿。墓在古城墙下斜坡上，盖有一块长方的白石，第一行刻着"心中心"，下面两行是生卒年月，再下三行是莎士比亚《风暴》中的仙歌。

彼无毫毛损，
海涛变化之，
从此更神奇。

好在恰恰关合雪莱的死和他的为人。济兹墓相去不远，有墓碑，上面刻着道：

这座坟里是英国一位少年诗人的遗体；

他临死时候，
想着他仇人们的恶势力，
痛心极了，叫将下面这一句话
刻在他的墓碑上：
“这儿躺着一个人,他的名字是用水写的。”

末一行是速朽的意思；但他的名字正所谓“不废江河万古流”，又岂是当时人所料得到的。后来有人别作新解，根据这一行话做了一首诗，连济兹的小像一块儿刻铜嵌在他墓旁墙上。这首诗的原文是很有风趣的。

朱自清是以诗人的身份登上中国现代文坛的，对于两位大诗人及其他们的墓志铭，他自然会生出特别的喜爱之情，也就不厌其烦地抄录入文中。但并非机械抄录，他有他的评论，他有他的见解，不但对诗句作了“引”，更在于让诗句在文中有所“用”。

济兹名字好，
说是水写成；
一点一滴水，
后人的泪痕
英雄枯万骨，
难如此感人。
安睡吧，
陈词虽挂漏，
高风自峥嵘。

这座坟场是罗马富有诗意的一角，有些爱罗马的人虽不死在意大利，也会遗嘱葬在这座“永远的城”的永远的一角里。

阅读指导

1931 年 8 月 22 日，在国立清华大学的进修计划资助下，朱自清和清华高材生李健吾等一起从北平出发，取道哈尔滨从西伯利亚乘列车途经莫斯科、华沙、柏林、巴黎到伦敦，进行为期一年的进修。1932 年春的五六月间，他曾在欧洲大陆上四处游走。从意大利开始，经瑞士、德国、荷兰而至法国，回国后凭借回忆陆续写出了一些记录当时行程的游记，发表在叶圣陶主编的《中学生》杂志上。这些游记专门面向中学生，每篇都是以介绍名胜古迹为主，力求切入角度新鲜独特，遣词造句清新活泼。这些文章于 1934 年 9 月结集为《欧游杂记》，由叶圣陶编辑，开明书店出版发行。《罗马》一文与前面的《威尼斯》一样都是选自这本集子。罗马是意大利的首都，是意大利第一大城。全文用了由点到面的布局，以罗马市场为中心，先写罗马“城市上面”的巴拉丁山，继而写“市场东边”的斗狮场，再写“斗狮场”南面的卡拉卡拉浴场，把罗马星罗棋布的古迹按顺序连缀在一起来叙写，写得条理清楚，次序井然，主次分明。

罗马是历史上大帝国的都城，名胜林立，古迹遍地，也是艺术的宝库，要置之于一篇寥寥几千字的短文里，既不损减它本身的审美情趣和独特魅力，又能使一个轮廓完整、形神兼备的罗马在读者心中油然而生，对于一般的作者来说，不能不说是一件极为困难的事情。朱自清自有其敏锐的观察力和深邃的洞察力，以及“天机之锦用在我，剪裁妙处非万尺”的艺术造诣。用最短的篇幅，容纳了尽量多的内容，时而移步换景，时而驻足四望，时而近，时而远……偌大的城市，复杂的建筑群落与艺术遗迹，却让他娓娓道来，井井有条，而且让罗马这座艺术之城在文字中精彩纷呈。

这是一篇为《中学生》杂志之约而创作的作品。朱自清正是以罗马悠久卓绝的文化艺术成就为标准来选材用材的，对于未去过罗马的人来说，阅读《罗马》可一解向往之情。随着作者如数家珍的评介，让读者身不由己地将灵魂投入到那精工雕琢的艺术世界中去了。

背　影

我与父亲不相见已二年余了，我最不能忘记的是他的背影。

此文为1925年所作，文中所写背影，是在1917年。

那年冬天，祖母死了，父亲的差使也交卸了，正是祸不单行的日子。我从北京到徐州，打算跟着父亲奔丧回家。到徐州见着父亲，看见满院狼藉的东西，又想起祖母，不禁簌簌地流下眼泪。父亲说：“事已如此，不必难过，好在天无绝人之路！”

“我”的簌簌落泪，与父亲的话形成对比，表现出父亲的乐观与刚毅。

回家变卖典质，父亲还了亏空，又借钱办了丧事。这些日子，家中光景很是惨淡，一半为了丧事，一半为了父亲赋闲。丧事完毕，父亲要到南京谋事，我也要回北京念书，我们便同行。

到南京时，有朋友约去游逛，勾留了一日；第二日上午便须渡江到浦口，下午上车北去。父亲因为事忙，本已说定不送我，叫旅馆里一个熟识的茶房陪我同去。他再三嘱咐茶房，甚是仔细。但他终于不放心，怕茶房不妥帖，颇踌躇了一会。其实我那年已20岁，北京已来往过两三次，是没有什么要紧的了。他踌躇了一会，终于决定还是自己送我去。

不放心茶房去送“我”，并非真担心茶房不会做事，全在于作为父亲的关爱与牵挂之故。

我再三劝他不必去，他只说：“不要紧，他们去不好！”

我们过了江，进了车站。我买票，他忙着照看行李。行李太多了，得向脚夫行些小费才可过去。他便又忙着和他们讲价钱。我那时真是聪明过分，总觉他说话不大漂亮，非自己插嘴不可，但他终于讲定了价钱，就送我上车。他给我拣定了靠车门的一张椅子，我将他给我做的紫毛大衣铺好坐位。他嘱我路上小心，夜里警醒些，不要受凉。又嘱托茶房好好照应我。我心里暗笑他的迂，他们只认得钱，托他们只是白托！而且我这样大年纪的人，难道还不能料理自己么？唉，我现在想想，那时真是太聪明了！

“聪明”用了反语，也是作者的自嘲，为的是说明作者当时不能完全理解父亲为了“我”事必躬亲，千叮咛，万嘱咐的那片苦心，从而表达出自己的内疚之情。

我说道：“爸爸，你走吧。”他望车外看了看说：“我买几个橘子去。你就在此地，不要走动。”我看那边月台的栅栏外有几个卖东西的等着顾客。走到那边月台，须穿过铁道，须跳下去又爬上去。父亲是一个胖子，走过去自然要费事些。我本来要去的，他不肯，只好让他去。我看见他戴着黑布小帽，穿着黑布大马褂，深青布棉袍，蹒跚地走到铁道边，慢慢探身下去，尚不大难。可是他穿过铁道，要爬上那边月台，就不容易了。他用两手攀着上面，两脚再向上缩；他肥胖的身子向左微倾，显出努力的样子。这时我看见他的背影，我的泪很快地流下

对父亲去买橘子时的背影的描写，成了描写父爱的经典语段。“肥胖”的身子、“蹒跚”的行走，已经够费力了，但为了儿子，他竟然决意去攀爬月台，一“攀”，一“缩”，一“倾”，虽用语简洁，但将父亲的形象栩栩如生地刻画出来了。

来了。我赶紧拭干了泪，怕他看见，也怕别人看见。我再向外看时，他已抱了朱红的橘子往回走了。过铁道时，他先将橘子散放在地上，自己慢慢爬下，再抱起橘子走。到这边时，我赶紧去搀他。他和我走到车上，将橘子一股脑儿放在我的皮大衣上。于是扑扑衣上的泥土，心里很轻松似的。过一会说：“我走了，到那边来信！”我望着他走出去。他走了几步，回过头看见我，说：“进去吧，里边没人。”等他的背影混入来来往往的人里，再找不着了，我便进来坐下，我的眼泪又来了。

这里的“泪”实在是为百感交集而流的，祖母去世，父亲赋闲，家景惨淡，父子分离，前途黯淡……

近几年来，父亲和我都是东奔西走，家中光景是一日不如一日。他少年出外谋生，独力支持，做了许多大事。哪知老境却如此颓唐！他触目伤怀，自然情不能自已。情郁于中，自然要发之于外，家庭琐屑便往往触他之怒。他待我渐渐不同往日。但最近两年的不见，他终于忘却我的不好，只是惦记着我，惦记着我的儿子。我北来后，他写了一信给我，信中说道：“我身体平安，惟膀子疼痛厉害，举箸提笔，诸多不便，大约大去之期不远矣。”我读到此处，在晶莹的泪光中，又看见那肥胖的、青布棉袍黑布马褂的背影。唉！我不知何时再能与他相见！

在作者心目中，父亲在攀月台买橘子的背影，是他为了整个家，为了儿女而艰辛一辈子的缩影，所以才会如此让他刻骨铭心。从作者角度来说，也看出了二十出头的作者能够懂得父爱，并心存感恩。

阅读指导

朱自清的《背影》写的是1917年作者在北大读书时所经历的事情。那时，朱自清的家庭，因了社会的黑暗而日趋窘迫，正如文章里说的“光景很是惨淡”“一日不如一日”。朱自清的父亲先是“赋闲”在家，后来为了找差事而“东奔西走”，乃至老境“颓唐”。

父亲“赋闲”，祖母去世，都给家庭造成了不小的困难。父亲只好变卖了家产，又在扬州借了一笔高利贷，勉强度日。朱自清在接到祖母去世的噩耗后，便回扬州奔丧，此时他才真正感到了家境的凄凉：往日的巨大古钟、朱红胆瓶、碧玉如意、板桥手迹等，均早已进了当铺；满院枯枝败叶，一派萧条的景象。他凝视着微微发胖而略显龙钟的父亲、老实巴交的母亲和弟妹，心情十分沉重。办完祖母的丧事后，朱自清要回北大，父亲也为了生计而匆匆前往南京谋职，于是父子同行至南京。《背影》所记载的便是父子俩在浦口东站分手时的情景。文中所记的买橘子等细节，使无数读者难以忘怀，感慨不已。

《背影》一文那真挚、深沉，又感人至深的父子之情，不知道感动了天下多少人，朱自清全文对父亲的刻画，主要采用的是白描手法。

白描本是中国画传统技法的一种。将此法移用在写文章中，指的是一种不设喻、少修饰、以“叙”代“描”的描写手法。鲁迅先生称之为“有真意，去粉饰，少做作，勿卖弄”的写作技法。《背影》一文的标题就体现了白描手法的特点。父亲的背影，儿子虽然实在太熟悉了，但文章写的不是那常见的背影，而是在特定场合下，使作者极为感动、终生难忘的那个背影。父亲过铁道时留下的那个背影，成了父爱的经典定格，也成了文学作品中的经典片段。朱自清写道，“我”看见“他戴着黑布小帽，穿着黑布大马褂，深青布棉袍”的肖像描写，艰难地爬过铁路为儿子买橘子时的一“攀”，一“缩”，一“倾”，显出很努力的样子，这时，不只是朱自清，恐怕谁见了这样的特写镜头中的背影，都会潸然泪下。

阿　河

将阿河的出场放在湖光山色包围着的别墅里，这对人物形象的描写起到了很好的烘托作用。

“束”字用得非常好。

我这一回寒假，因为养病，住到一家亲戚的别墅里去。那别墅是在乡下。前面偏左的地方，是一片淡蓝的湖水，对岸环拥着不尽的青山。山的影子倒映在水里，越显得清清朗朗的。水面常如镜子一般。风起时，微有皱痕；像少女们皱她们的眉头，过一会子就好了。湖的余势束成一条小港，缓缓地不声不响地流过别墅的门前。门前有一条小石桥，桥那边尽是田亩。这边沿岸一带，相间地栽着桃树和柳树，春来当有一番热闹的梦。别墅外面缭绕着短短的竹篱，篱外是小小的路。里边一座向南的楼，背后便倚着山。西边是三间平屋，我便住在这里。院子里有两块草地，上面随便放着两三块石头。另外的隙地上，或罗列着盆栽，或种莳（shì）着花草。篱边还有几株枝干蟠曲的大树，有一株几乎要伸到水里去了。

我的亲戚韦君只有夫妇二人和一个女儿。她在外边念书，这时也刚回到家里。她邀来三位同学，同到她家过这个寒假；两位是亲戚，一位是朋友。

她们住着楼上的两间屋子。韦君夫妇也住在楼上。楼下正中是客厅，常是闲着，西间是吃饭的地方，东间便是韦君的书房，我们谈天、喝茶、看报，都在这里。我吃了饭，便是一个人，也要到这里来闲坐一回。我来的第二天，韦小姐告诉我，她母亲要给她们找一个好好的女用人；长工阿齐说有一个表妹，母亲叫他明天就带来做做看呢。她似乎很高兴的样子，我只是不经意地答应。

平屋与楼屋之间，是一个小小的厨房。我住的是东面的屋子，从窗子里可以看见厨房里人的来往。这一天午饭前，我偶然向外看看，见一个面生的女用人，两手提着两把白铁壶，正往厨房里走；韦家的李妈在她前面领着，不知在和她说甚么话。她的头发乱蓬蓬的，像冬天的枯草一样。身上穿着镶边的黑布棉袄和夹裤，黑里已泛出黄色；棉袄长与膝齐，夹裤也直拖到脚背上。脚倒是双天足，穿着尖头的黑布鞋，后跟还带着两片同色的"叶拔儿"。想这就是阿齐带来的女用人了，想完了就坐下看书。晚饭后，韦小姐告诉我，女用人来了，她的名字叫"阿河"。我说："名字很好，只是人土些，还能做么？"她说："别看她土，很聪明呢。"我说，"哦。"便接着看手中的报了。

第一眼中的阿河很土，很粗，全然没有什么美感可言。这是实写，也是欲扬先抑的手法，为下文写阿河的美作铺垫。

间接地，对阿河的认识有了好的印象。

以后每天早上，中上，晚上，我常常看见阿河挈（qiè）着水壶来往，她的眼似乎总是望前看的。

两个礼拜匆匆地过去了。韦小姐忽然和我说，你别看阿河土，她的志气很好，她是个可怜的人。我和娘说，把我前年在家穿的那身棉袄裤给了她吧。我嫌那两件衣服太花，给了她正好。娘先不肯，说她来了没有几天，后来也肯了。今天拿出来让她穿，正合适呢。我们教给她打绒绳鞋，她真聪明，一学就会了。她说拿到工钱，也要打一双穿呢。我等几天再和娘说去。

验证了韦小姐说阿河聪明确是事实。

“她这样爱好！怪不得头发光得多了，原来都是你们教她的。好！你们尽教她讲究，她将来怕不愿回家去呢。”大家都笑了。

旧新年是过去了。因为江浙的兵事，我们的学校一时还不能开学。我们大家都乐得在别墅里多住些日子。这时阿河如换了一个人。她穿着宝蓝色挑着小花儿的布棉袄裤，脚下是嫩蓝色毛绳鞋，鞋口还缀着两个半蓝半白的小绒球儿。我想这一定是她的小姐们给帮忙的。古语说得好，“人要衣裳马要鞍”，阿河这一打扮，真有些楚楚可怜了。她的头发早已是刷得光光的，覆额的留海也梳得十分伏贴。一张小小的圆脸，如正开的桃李花；脸上并没有笑，却隐隐地含着春日的光辉，像花房里充了蜜一般。这在我几乎是一个奇迹，我现在是常站在窗前看她了。我觉得在深山里发见了一粒猫儿眼；这样精纯的猫儿眼，是我生平所仅见！我觉得我们相识已太

从“头发乱蓬蓬”到“楚楚可怜”，阿河在外表上的改变，被作者称为“奇迹”。难怪他从第一次见阿河时只顾看手中的报纸，到现在是常站在窗前看她了。

长久，极愿和她说一句话——极平淡的话，一句也好。但我怎好平白地和她攀谈呢？这样郁郁了一礼拜。

想与一位女子攀谈又不好平白攀谈，这是对一位可爱女子的尊重与珍爱，毫无轻慢邪念。

这是元宵节的前一晚上。我吃了饭，在屋里坐了一会，觉得有些无聊，便信步走到那书房里。拿起报来，想再细看一回。忽然门钮一响，阿河进来了。她手里拿着三四支颜色铅笔，出乎意料地走近了我。她站在我面前了，静静地微笑着说："白先生，你知道铅笔鏍在那里？"一面将拿着的铅笔给我看。我不自主地立起来，匆忙地应道："在这里。"我用手指着南边柱子。但我立刻觉得这是不够的。我领她走近了柱子。这时我像闪电似的踌躇了一下，便说："我……我……"她一声不响地已将一支铅笔交给我，我放进鏍子里鏍给她看。

详细地描述了作者自己与阿河直接接触的场景。从描述中可见，阿河是单纯朴实的，而"我"却在阿河面前表现得动作"不由自主"，内心"踌躇"，想与她搭讪也得"硬着头皮"，可见作者情窦萌动之心开始被阿河的魅力捕捉。

鏍了两下，便想交给她；但终于鏍完了一支，交还了她。她接了笔略看一看，仍仰着脸向我。我窘极了，刹那间念头转了好几个圈子，到底硬着头皮搭讪着说："就这样鏍好了。"我赶紧向门外一瞥，就走回原处看报去。但我的头刚低下，我的眼已抬起来了。于是远远地从容地问道："你会么？"她不曾掉过头来，只"嘤"了一声，也不说话。我看了她背影一会。觉得应该低下头了。等我再抬起头来时，她已默默地向外走了。她似乎总是望前看的，我想再问她一句话，但终于不曾出口。我撇下了报，站起来走了一会，便回到自己屋里。

我一直想着些什么，但什么也没有想出。

第二天早上看见她往厨房里走时，我发愿我的眼将老跟着她的影子！她的影子真好。她那几步路走得又敏捷，又匀称，又苗条，正如一只可爱的小猫。她两手各提着一只水壶，又令我想到在一条细细的索儿上抖擞精神走着的女子。这全由于她的腰，她的腰真太软了，用白水的话说，真是软到使我如吃苏州的牛皮糖一样。不止她的腰，我的日记里说得好："她有一套和云霞比美、水月争灵的曲线，织成大大的一张迷惑的网！"而那两颊的曲线，尤其甜蜜可人。她两颊是白中透着微红，润泽如玉。她的皮肤，嫩得可以掐出水来，我的日记里说："我很想去掐她一下呀！"她的眼像一双小燕子，老是在滟滟的春水上打着圈儿。她的笑最使我记住，像一朵花漂浮在我的脑海里。我不是说过，她的小圆脸像正开的桃花么？那么，她微笑的时候，便是盛开的时候了：花房里充满了蜜，真如要流出来的样子。她的发不甚厚，但黑而有光，柔软而滑，如纯丝一般。只可惜我不曾闻着一些儿香。唉！从前我在窗前看她好多次，所得的真太少了；若不是昨晚一见，——虽只几分钟——我真太对不起这样一个人儿了。

又是比喻，又是通感，让读者能立刻体会出软的感觉。

用花比喻女子的微笑并不新鲜，但朱自清用蜜来加以烘托，就描绘出了阿河微笑别样的美了。

午饭后，韦君照例地睡午觉去了，只有我、韦小姐和其他三位小姐在书房里。我有意无意地谈起阿河的事。我说：

主动关心了解的人，一定是在自己心中占据着一定位置的人。

“你们怎知道她的志气好呢？”

“那天我们教给她打绒绳鞋，”一位蔡小姐便答道，“看她很聪明，就问她为甚么不念书？她被我们一问，就伤心起来了。……”

“是的，”韦小姐笑着抢了说，“后来还哭了呢，还有一位傻子陪她淌眼泪呢。”

那边黄小姐可急了，走过来推了她一下。蔡小姐忙拦住道：“人家说正经话，你们尽闹着玩儿！让我说完了呀——”“我代你说啵，”韦小姐仍抢着说，“——她说她只有一个爹，没有娘。嫁了一个男人，倒有三十多岁，土头土脑的，脸上满是疱！他是李妈的邻舍，我还看见过呢。……”“好了，底下我说吧。”蔡小姐接着道，“她男人又不要好，尽爱赌钱；她一气，就住到娘家来，有一年多不回去了。”

“她今年几岁？”我问。

“十七不知十八？前年出嫁的，几个月就回家了，”蔡小姐说。

“不，十八，我知道，”韦小姐改正道。

“哦。你们可曾劝她离婚？”

“怎么不劝，”韦小姐应道，“她说十八回去吃她表哥的喜酒，要和她的爹去说呢。”

“你们教她的好事，该当何罪！”我笑了。

她们也都笑了。

十九的早上，我正在屋里看书，听见外面有嚷嚷的声音，这是从来没有的。我立刻走出来看，只见门外有两个乡下人要走进来，却给阿齐拦住。他们只是央告，阿齐只是不肯。这时韦君已走出院中，向他们道，“你们回去吧。人在我这里，不要紧的。快回去，不要瞎吵！”

两个人面面相觑（qù），说不出一句话；俄延了一会，只好走了。我问韦君什么事？他说：“阿河啰！还不是瞎吵一回子。”

我想他于男女的事向来是懒得说的，还是回头问他小姐的好，我们便谈到别的事情上去。

吃了饭，我赶紧问韦小姐，她说：“她是告诉娘的，你问娘去。”

为了将阿河的“志向”弄个明白，作者转抹到韦太太处来，可见他对阿河的事情多么上心。

我想这件事有些尴尬，便到西间里问韦太太，她正看着李妈收拾碗碟呢。她见我问，便笑着说，“你要问这些事做什么？她昨天回去，原是借了阿桂的衣裳穿了去的，打扮得娇滴滴的，也难怪，被她男人看见了，便约了些不相干的人，将她抢回去过了一夜。今天早上，她骗她男人，说要到此地来拿行李。她男人就会信她，派了两个人跟着。那知她到了这里，便叫阿齐拦着那跟来的人，她自己便跪在我面前哭诉，说死也不愿回她男人家去。你说我有什么法子，只好让那跟来的人先回去再说。好在没有几天，她们要上学了，我将来交给她的爹吧。唉，现在的人，心眼儿真是越过越大了；一个乡下女人，

从韦太太前面的话语中可见，韦太太有着善良的菩萨心，但对于阿河对她男人的反抗行为还是有些微词的，但作者写韦太太的微词，并非为了说明自己赞同韦太太的看法，相反地，是在赞赏阿河的独立意识。

也会闹出这样惊天动地的事了！”

“可不是，”李妈在旁插嘴道，“太太你不知道，我家三叔前儿来，我还听他说呢。我本不该说的，阿弥陀佛！太太，你想她不愿意回婆家，老愿意住在娘家，是什么道理？家里只有一个单身的老子，你想那该死的老畜生！他舍不得放她回去呀！”

“低些，真的么？”韦太太惊诧地问。

“他们说得千真万确的。我早就想告诉太太了，总有些疑心；今天看她的样子，真有几分对呢。太太，你想现在还成什么世界！”

“这该不至于吧。”我淡淡地插了一句。

“少爷，你那里知道！”韦太太叹了一口气，“好在没有几天了，让她快些走吧，别将我们的运气带坏了。她的事，我们以后也别谈吧。”

开学的通告来了，我定在二十八走。二十六的晚上，阿河忽然不到厨房里挈水了。韦小姐跑来低低地告诉我：“娘叫阿齐将阿河送回去了，我在楼上，都不知道呢。”我应了一声，一句话也没有说。正如每日有三顿饱饭吃的人，忽然绝了粮，却又不能告诉一个人！而且我觉得她的前面是黑洞洞的，此去不定有什么好歹！那一夜我是没有好好地睡，只翻来覆去地做梦，醒来却又一例茫然。这样昏昏沉沉地到了二十八早上，懒懒地向韦君夫妇和韦小姐告别而行，韦君夫妇坚约春假再来住，我只得含

把阿河的离去比喻为绝了粮，这极为形象地说明了这时的阿河在作者个人情感中的重要性。

对阿河的爱怜到了“爱屋及乌”的程度。

糊答应着。出门时，我很想回望厨房几眼，但许多人都站在门口送我，我怎好回头呢？到校一打听，老友陆已来了。我不及料理行李，便找着他，将阿河的事一五一十告诉他。他本是个好事的人，听我说时，时而皱眉，时而叹气，时而擦掌。听到她只十八岁时，他突然将舌头一伸，跳起来道，“可惜我早有了我那太太！要不然，我准得想法子娶她！”

“你娶她就好了，现在不知鹿死谁手呢？”

我俩默默相对了一会，陆忽然拍着桌子道，“有了，老汪不是去年失了恋么？他现在还没有主儿，何不给他俩撮合一下。”

我正要答说，他已出去了。过了一会子，他和汪来了，进门就嚷着说，“我和他说，他不信，要问你呢！”

“事是有的，人呢，也真不错。只是人家的事，我们凭什么去管！”我说。

“想法子呀！”陆嚷着。

“什么法子？你说！”

“好，你们尽和我开玩笑，我才不理会你们呢！”汪笑了。

我们几乎每天都要谈到阿河，但谁也不曾认真去“想法子。”

引出下文作者进一步对阿河的关注与帮助。

一转眼已到了春假。我再到韦君别墅的时候，水是绿绿的，桃腮柳眼，着意引人。我却只惦着阿河，不知她怎么样了。那时韦小姐已回来两天。我背地里问她，她说，“奇得很！阿齐告诉我，说她二月间来求娘来了。她说她男人已死了心，不想她回去，只不肯白白地放掉她。他教她的爹拿出八十块钱来，人就是她的爹的了，他自己也好另娶一房人。可是阿河说她的爹那有这些钱？她求娘可怜可怜她！娘的脾气你知道。她是个古板的人；她数说了阿河一顿，一个钱也不给！我现在和阿齐说，让他上镇去时，带个信儿给她，我可以给她五块钱。我想你也可以帮她些，我教阿齐一块儿告诉她吧。只可惜她未必肯再上我们这儿来啰！”

“我拿十块钱吧，你告诉阿齐就是。”

我看阿齐空闲了，便又去问阿河的事。他说：“她的爹正给她东找西找地找主儿呢。只怕难吧，八十块大洋呢！”

我忽然觉得不自在起来，不愿再问下去。

“不再问”并非本心，而是一种难言的无奈。

过了两天，阿齐从镇上回来，说：“今天见着阿河了。娘的，齐整起来了。穿起了裙子，做老板娘娘了！据说是自己拣中的，这种年头！”

我立刻觉得，这一来全完了！只怔怔地看着阿齐，似乎想在他脸上找出阿河的影子。

这样的结果，真是出人意料，这虽是一篇纪实散文，倒很有些小说情节跌宕的特点。

咳，我说什么好呢？愿命运之神长远庇护着她吧！

第二天我便托故离开了那别墅，我不愿再见那湖光山色，更不愿再见那间小小的厨房！

阅读指导

与其说这是一篇写人的散文，倒不如说有些小说的特征，因为全文有较为完整的故事情节，而始终以阿河这一主角的故事为叙述内容，最关键的是对阿河故事的讲述，有起伏，有变化，从而让一个鲜活生动的阿河以艺术的形象出现在了读者眼前。

阿河是作者客居在韦君的别墅里见到的一位新来的女佣。初见阿河，她“土，但聪明”，不久便像变了一个人，打扮得“楚楚可怜”，真的是甜蜜可人。后来得知其悲剧婚姻，“我”却“帮不上忙”而感到无奈，最后只好送她 10 元钱表达关爱的心意。再后来，得知她自己挑选了男人，做了老板娘了。“我”觉得“这一来全完了”。作者为什么觉得全完了？觉得什么完了？为什么又要托故离开，不愿再见那湖光山色，更不愿再见那间小小的厨房？这些问题作者并没有直接告诉读者，要读者自己去品了。不过，拍成电影的《阿河》里在结尾加了“再找一个还不是那样”“就这一个杂货铺，赚的钱还不够他输的”的台词。读者可以将原作与电影对比起来，看看电影的改编是否符合原作的本意。

朱自清是散文大师，但是，这篇散文却近乎小说。作者对阿河的塑造近乎完美。除了有不少对阿河的直接而细腻的描写外，还有一些文字用在描写自己不断变化着的心理上，这是一种侧面表现阿河之美的艺术手法。如“她有一套和云霞比美、水月争灵的曲线，织成大大的一张迷惑的网！”这是对阿河的直接描写，又说“我很想去掐她一下呀”，这里是直接写自己心理，实则表现的是阿河的美所产生的魅力，让人无法抗拒。

朱自清抓住了阿河的容额、轮廓和动作来刻画人物时，综合运用了一系列的修辞手法。

写阿河“又敏捷，又匀称，又苗条”的走路姿态，比喻为“一只可爱的小猫”，还把她的小脸比喻为桃花；写她的腰真太软了，夸张地说“真是软到使我如吃苏州的牛皮糖一样”“她有一套和云霞比美、水月争灵的曲线，织成大大的一张迷惑的网！”“她的皮肤，嫩得可以掐出水来”…… 一系列的新颖的比喻、奇特的夸张、微妙的通感、广泛的联想，塑造了阿河这样一个艺术的美人，给读者带来了轻松、愉快的美感。

怀魏握青君

握青的出场亮相便不平常——酒徒。

两年前差不多也是这些日子吧，我邀了几个熟朋友，在雪香斋给握青送行。雪香斋以绍酒著名。这几个人多半是浙江人，握青也是的，而又有一两个是酒徒，所以便拣了这地方。

用关西大汉比喻烈酒，形象而有趣。

补叙朋友聚会饮酒的缘由，以及同去看电影的缘由。

说到酒，莲花白太腻，白干太烈；一是北方的佳人，一是关西的大汉，都不宜于浅斟低酌。只有黄酒，如温旧书，如对故友，真是醰醰（tán）有味。只可惜雪香斋的酒还上了色，若是“竹叶青”，那就更妙了。握青是到美国留学去，要住上三年；这么远的路，这么多的日子，大家确有些惜别，所以那晚酒都喝得不少。出门分手，握青又要我去中天看电影。我坐下直觉头晕。握青说电影如何如何，我只糊糊涂涂听着；几回想张眼看，却什么也看不出。终于支持不住，出其不意，哇地吐出来了。观众都吃一惊，附近的人全堵上了鼻子，这真有些惶恐。

握青扶我回到旅馆，他也吐了。但我们心里都觉得这一晚很痛快。我想握青该还记得那种狼狈的光景吧？

我与握青相识，是在东南大学。那时正是暑假，中华教育改进社借那儿开会。我与方光焘君去旁听，偶然遇着握青；方君是他的同乡，一向认识，便给我们介绍了。那时我只知道他很活动，会交际而已。匆匆一面，便未再见。三年前，我北来作教，恰好与他同事。我初到，许多事都不知怎样做好，他给了我许多帮助。我们同住在一个院子里，吃饭也在一处。因此常和他谈论。我渐渐知道他不只是很活动，会交际；他有他的真心，他有他的锐眼，他也有他的傻样子。许多朋友都以为他是个傻小子，大家都叫他老魏，连听差背地里也是这样叫他；这个太亲昵的称呼，只有他有。

同吃同住不是成为朋友的关键，关键是“他给了我许多帮助”。

但他决不如我们所想的那么“傻”，他是个玩世不恭的人——至少我在北京见着他是如此。那时他已一度受过人生的戒，从前所有多或少的严肃气氛，暂时都隐藏起来了，剩下的只是那冷然的玩弄一切的态度。我们知道这种剑锋般的态度，若赤裸裸地露出，便是自己矛盾，所以总得用了什么法子盖藏着。他用的是一副傻子的面具。我有时要揭开他这副面具，他便说我是《语丝》派。但他知道我，并不比我知道他少。他能由我一个短语，知道全篇的故事。他对于别人，也能知道；但只默喻着，不大肯说出。他的玩世，在有些事情上，也许太随便些。

虽然上文说握青君“会交际”，有“真心”，有“锐眼”，但下文的重点在写他的“玩世不恭”。

1924 年 11 月《语丝》周刊在北京创刊，主要代表人物有周作人、鲁迅、林语堂、钱玄同、孙伏园、俞平伯、刘半农等，他们创作散文为主，坚持思想革命，主要成就是短小犀利的杂感，其批评的文字中“富于俏皮的语言和讽刺的意味”。

但以或种意义说，他要复仇；人总是人，又有什么办法呢？至少我是原谅他的。

以上其实也只说得他的一面，他有时也能为人尽心竭力。他曾为我决定一件极为难的事。我们沿着墙根，走了不知多少趟；他源源本本、条分缕析地将形势剖解给我听。你想，这岂是傻子所能做的？幸亏有这一面，他还能高高兴兴过日子；不然，没有笑，没有泪，只有冷脸，只有“鬼脸”，岂不郁郁地闷煞人！

月光、树影烘托了握青讲冒险故事的场景，让握青置于这样幽静的环境中，让他能摘下面具，表露出他率真的一面。

我最不能忘的，是他动身前不多时的一个月夜。电灯灭后，月光照了满院，柏树森森地竦（sǒng）立着。屋内人都睡了，我们站在月光里，柏树旁，看着自己的影子。他轻轻地诉说他生平冒险的故事。说一会，静默一会。这是一个幽奇的境界。他叙述时，脸上隐约浮着微笑，就是他心地平静时常浮在他脸上的微笑；一面偏着头，老像发问似的。这种月光，这种院子，这种柏树，这种谈话，都很可珍贵；就由握青自己再来一次，怕也不一样的。

他走之前，很愿我做些文字送他；但又用玩世的态度说：“怕不肯吧？我晓得，你不肯的。”我说：“一定做，而且一定写成一幅横披——只是字不行些。”但是我惭愧我的懒，那“一定”早已几乎变成“不肯”了！而且他来了两封信，我竟未覆只字。这叫我怎样说好呢？我实在有种坏脾气，觉得路太遥远，竟有些渺茫一般，什么便都因循下来了。好在他的成绩很好，我是知道的，只此就很够了。别的，反正他明年就回来，我们再好好地谈几次，这是要紧的。——我想，握青也许不那么玩世了吧。

与其说这是对握青的期待，不如说是对他的祝愿，更是对握青的怀想，以此特别的表达方式，呼应了文题。

阅读指导

朱自清曾经说过，优秀的散文都有一个“情眼”，这个情眼通常表现为一句话，或者一两个词语，集中体现着人物的情感。这是一篇怀念老朋友的作品，其间肯定蕴含了作者很多深情，因此，在阅读中，找到朱自清所说的“情眼”，就能够顺“情”摸瓜，一直抵达作者的内心世界。那么，本文的“情眼”是什么呢？如果读完全文，应该很轻松地发现，本文的情眼就是“玩世”一词——首先，这个词语在文中一共出现了四次。玩世是和“不恭”紧密相联的，构成成语“玩世不恭”，这是一个贬义词，朱自清所怀想的魏握青君身上便具有玩世不恭的色彩，然而，这个浑身长“刺”、看似无情的人物却深受身边朋友的喜爱。这是个很引人好奇的问题，自然，读者很有兴趣通过阅读获得答案。

作者在文中说魏握青是一个“玩世不恭”的人，用来说明的文字是“那时他已一度受过人生的戒，从前所有多或少的严肃气氛，暂时都隐藏起来了；剩下的只是那冷然的玩弄一切的态度”。从作者所讲述的情况看，“他对于别人，也能知道；但只默喻着，不大肯说出”，说明他更多的是隐忍，所以作者说他是戴了面具的。为什么这样一个人,作者能与他友情甚深呢？从全篇看,握青虽“玩世”,但尚不到“不恭”的程度，何况，他还有真心，有锐眼，还很会交际，平时装傻，言语不多，只是没到关键处。作者举例说了他曾为自己决定一件极为难的事，而且是源源本本地、条分缕析地将形势剖解给作者听，这与他平时“不大肯说”完全是两个人，而月夜那树影婆娑下讲冒险故事时那率真的微笑,更是让作者觉着他的可爱可敬。

由此可推测，握青平时的“傻”样，其实是对世事的敏感，是认识的深刻，是态度的冷峻，是思想的睿智。这样一个人在结交朋友方面，一定是谨慎的，所以，在自己也喝醉的情况下，还记得将作者扶回旅馆，为了为作者解难，他能陪着作者沿着墙根，走了不知多少趟。这样看来，作者用了“玩世不恭”一词来概括他最突出的特点，明为贬斥，实际是在褒扬。

我所见的叶圣陶

我第一次与圣陶见面是在民国十年的秋天。那时刘延陵兄介绍我到吴淞炮台湾中国公学教书。到了那边，他就和我说："叶圣陶也在这儿。"我们都念过圣陶的小说，所以他这样告我。我好奇地问道："怎样一个人？"出乎我的意外，他回答我："一位老先生哩。"但是延陵和我去访问圣陶的时候，我觉得他的年纪并不老，只那朴实的服色和沉默的风度与我们平日所想象的苏州少年文人叶圣陶不甚符合罢了。

带着好奇与崇拜的心理期待见到叶圣陶。

记得见面的那一天是一个阴天。我见了生人照例说不出话，圣陶似乎也如此。我们只谈了几句关于作品的泛泛的意见，便告辞了。延陵告诉我每星期六圣陶总回甪（lù）直去；他很爱他的家。他在校时常邀延陵出去散步，我因与他不熟，只独自坐在屋里。不久，中国公学忽然起了风潮。我向延陵说起一个强硬的办法；——实在是一个笨而无聊的办法！——我说只怕叶圣陶未必赞成。但是出乎我的意外，他居然赞成了！后来细想他许是有意优容我们吧，这真是老大哥的态度呢。我们的办法天然是失败了，风潮延宕（dàng）

这样平淡的第一次见面，更能体现叶圣陶与现在的有些明星一样，下了舞台，卸了装就是一个平常的人。这样写，对后面的内容也有先抑后扬的作用。

下去，于是大家都住到上海来。

我和圣陶差不多天天见面，同时又认识了西谛、予同诸兄。这样经过了一个月，这一个月实在是我的很好的日子。

我看出圣陶始终是个寡言的人。大家聚谈的时候，他总是坐在那里听着。他却并不是喜欢孤独，他似乎老是那么有味地听着。至于与人独对的时候，自然多少要说些话，但辩论是不来的。他觉得辩论要开始了，往往微笑着说："这个弄不大清楚了。"这样就过去了。他又是个极和易的人，轻易看不见他的怒色。他辛辛苦苦保存着的《晨报》副张，上面有他自己的文字的，特地从家里捎来给我看；让我随便放在一个书架上，给散失了。当他和我同时发见这件事时，他只略露惋惜的颜色，随即说："由他去末哉，由他去末哉！"我是至今惭愧着，因为我知道他作文是不留稿的。他的和易出于天性，并非阅历世故，矫揉造作而成。

这个发现很重要，为第一次见面时的平淡找到了缘由。

他对于世间妥协的精神是极厌恨的。在这一月中，我看见他发过一次怒；——始终我只看见他发过这一次怒——那便是对于风潮的妥协论者的蔑视。

风潮结束了，我到杭州教书。那边学校当局要我约圣陶去，圣陶来信说："我们要痛痛快快游西湖，不管这是冬天。"他来了，教我上车站去接。我知道他到了车站这一类地方，是会觉得寂寞的。

前面写他在与人谈论时辩论不来，又是极和易的人完全相反。分析其原因，对于平常事他懒得辩论，但对大是大非，如风潮这样的事他却是态度分明的。

他的家实在太好了，他的衣着，一向都是家里管。我常想，他好像一个小孩子；像小孩子的天真，也像小孩子的离不开家里人。必须离开家里人时，他也得找些熟朋友伴着，孤独在他简直是有些可怕的。所以他到校时，本来是独住一屋的，却愿意将那间屋做我们两人的卧室，而将我那间做书室，这样可以常常相伴。我自然也乐意，我们不时到西湖边去；有时下湖，有时只喝喝酒。在校时各据一桌，我只预备功课，他却老是写小说和童话。初到时，学校当局来看过他。第二天，我问他："要不要去看看他们？"他皱眉道："一定要去么？等一天吧。"后来始终没有去，他是最反对形式主义的。

有优点有缺点的人才是完整的人。

从这件事上，再次看出叶圣陶骨子里的正气与骨气。

那时他小说的材料，是旧日的储积，童话的材料有时却是片刻的感兴。如《稻草人》中《大喉咙》一篇便是。那天早上，我们都醒在床上，听见工厂的汽笛，他便说："今天又有一篇了，我已经想好了，来得真快呵。"那篇的艺术很巧，谁想他只是片刻的构思呢！他写文字时，往往拈笔伸纸，便手不停挥地写下去，开始及中间，停笔踌躇时绝少。他的稿子极清楚，每页至多只有三五个涂改的字。他说他从来是这样的。每篇写毕，我自然先睹为快；他往往称述结尾的适宜，他说对于结尾是有些把握的。看完，他立即封寄《小说月报》，照例用平信寄。我总劝他挂号；但他说："我老是这样的。"他在杭州不过两个月，写的真不少，教人羡慕不已。《火灾》里从《饭》起到《风潮》这七篇，还有《稻草人》中一部分，都是那时我亲眼看他写的。

在杭州待了两个月，放寒假前，他便匆匆地回去了；他实在离不开家，临去时让我告诉学校当局，无论如何不回来了。但他却到北平住了半年，也是朋友拉去的。我前些日子偶翻十一年的《晨报副刊》，看见他那时途中思家的小诗，重念了两遍，觉得怪有意思。北平回去不久，便入了商务印书馆编译部，家也搬到上海。从此在上海待下去，直到现在——中间又被朋友拉到福州一次，有一篇《将离》抒写那回的别恨，是缠绵悱恻的文字。这些日子，我在浙江乱跑，有时到上海小住，他常请了假和我各处玩儿或喝酒。有一回，我便住在他家，但我到上海，总爱出门，因此他老说没有能畅谈；他写信给我，老说这回来要畅谈几天才行。

从第一次见面时匆匆谈了几句就告辞，到现在是希望畅谈几天才行，可见二人的友情在双方的共同努力下，发展到了怎样深厚的程度。

十六年一月，我接眷北来，路过上海，许多熟朋友和我饯行，圣陶也在。那晚我们痛快地喝酒，发议论，他是照例地默着。酒喝完了，又去乱走，他也跟着。到了一处，朋友们和他开了个小玩笑，他脸上略露窘意，但仍微笑地默着。圣陶不是个浪漫的人，在一种意义上，他正是延陵所说的“老先生”。但他能了解别人，能谅解别人，他自己也能“作达”，所以仍然——也许格外——是可亲的。那晚

为大家叫28岁的叶圣陶“老先生”找到原因，原来老先生不是年纪大，而是显得有些严肃，不浪漫。

作达，开朗放达。

快夜半了，走过爱多亚路，他向我诵周美成的词，“酒已都醒，如何消夜永！”我没有说什么；那时的心情，大约也不能说什么的。我们到一品香又消磨了半夜。这一回特别对不起圣陶；他是不能少睡觉的人。他家虽住在上海，而起居还依着乡居的日子；早七点起，晚九点睡。有一回我九点十分去，他家已熄了灯，关好门了。这种自然的、有秩序的生活是对的。那晚上伯祥说：“圣兄明天要不舒服了。”想起来真是不知要怎样感谢才好。

这里写叶圣陶生活的规矩性，在于从反面说明他为了给“我”饯行，破了他一直遵守的作息时间，这都是为了朋友之间的友谊。

第二天我便上船走了，一眨眼三年半，没有上南方去。信也很少，却全是我的懒。我只能从圣陶的小说里看出他心境的迁变，这个我要留在另一文中说。圣陶这几年里似乎到十字街头走过一趟，但现在怎么样呢？我却不甚了然。他从前晚饭时总喝点酒，“以半醺为度”，近来不大能喝酒了，却学了吹笛——前些日子说已会一出《八阳》，现在该又会了别的了吧。他本来喜欢看看电影，现在又喜欢听听昆曲了。但这些都不是“厌世”，如或人所说的，圣陶是不会厌世的，我知道。又，他虽会喝酒，加上吹笛，却不曾抽什么“上等的纸烟”，也不曾住过什么“小小别墅”，如或人所想的，这个我也知道。

或人，有的人。

阅读指导

叶圣陶与朱自清相识于 1921 年秋天。当时，叶圣陶在上海吴淞中国公学任教。朱自清到中国公学教书，叶圣陶也在那里。朱自清以前读过叶圣陶的小说，见面后才知叶圣陶年纪并不老，才 28 岁，只是他朴素的服饰和沉默的风度给人一种老成的感觉。

叶圣陶和朱自清志趣相同，而且都是文学研究会的成员，不久就成了好朋友。后来，叶圣陶应邀到北京大学中文系任教，不久回上海进入商务印书馆编译部，家也搬到了上海。有时朱自清到上海就住在叶圣陶家中，后来朱自清写出了著名散文《背影》，就刊登在叶圣陶主编的《文学周报》上，朱自清游历欧洲后写成的那些游记散文，以专栏的形式发表在了叶圣陶编的《中学生》杂志上。由这些事实可见，朱自清、叶圣陶二人的深厚友情来源于他们对文学的共同热爱。1940 年，叶圣陶赴成都四川省教育厅任教育科学馆专门委员，而朱自清正携眷在成都休假，住在东门外宋公桥。两人在成都重逢，合编了《文史教学》杂志，1942 年，两人又合编了《精读指导举隅》《略读指导举隅》等书，由商务印书馆出版。1948 年 8 月 12 日，朱自清因病逝世，8 月 30 日，叶圣陶、陈望道等与清华同学会联合举行了朱自清追悼会，并在会上致词，对失去这位文坛干将和诚挚知己而痛惜不已。

在语文老师的课上，当学到叶圣陶先生的作品时，要介绍作者，老师会说："叶圣陶是现代著名作家、教育家、文学出版家和社会活动家，有'优秀的语言艺术家'之誉。"当一连串的"家"戴在一个人头顶上后，似乎就脱离了普通人了。但是，只要近距离地接触他，便可以发现，每一个名人的另一面，都是普通人。

本文写了作者与叶圣陶的接触交往的一些旧事，从中介绍了叶圣陶的创作才华和思想心境，以及对朋友的真诚等个性特点。用平信寄稿件，说明了他处事的随意。他自己过着乡居的日子，“早七点起，晚九点睡”，但与志同道合的朋友们交往、畅谈的时候，却可以消磨到半夜，宁愿自己不舒服，打破生活规律。作者始终笔墨淡然，平平道来如拉家常。作者所记叙的叶圣陶也都是些日常生活中极平常之事，然而，由整篇文章所酿出的一种情调与氛围却能时时将读者包围，令人无法摆脱一位学者，一位“老先生”那普通平凡的形象与质朴亲切的微笑，无法忘怀文中“淡”里满溢的浓情——一种亲情与友情的和谐与感悟。

房东太太

歇卜士太太没有来过中国，也并不怎样喜欢中国，可是我们看，她有中国那老味儿。她说人家笑她母女是维多利亚时代的人，那是老古板的意思；但她承认她们是的，她不在乎这个。

仅“不在乎”三个字，将歇卜士太太为人随和的特点体现了出来。

真的，圣诞节下午到了她那间黯淡的饭厅里，那家具，那人物，那谈话，都是古气盎然，不像在现代。这时候她还住在伦敦北郊芬乞来路。那是一条阔人家的路，可是她的房子已经抵押满期，经理人已经在她门口路边上立了一座木牌，标价招买，不过半年多还没人过问罢了。那座木牌，和篮球架子差不多大，只是低些；一走到门前，准看见。晚餐桌上，听见厨房里尖叫了一声，她忙去看了，回来说，火鸡烤枯了一点，可惜，二十二磅重，还是卖了几件家具买的呢。她可惜的是火鸡，倒不是家具，但我们一点没吃着那烤枯了的地方。

这句话与上段中的“不在乎”形成对比，说明她在关系到房客利益的事情上是很在乎的，真是一个多为他人着想的好房东。

她爱说话，也会说话，一开口滔滔不绝；押房子，卖家具等等，都会告诉你。但是只高高兴兴地告诉你，至少也平平淡淡地告诉你，决不垂头丧气，决不唉声叹气。她说话是个趣味，我们听话也是个趣味（在她的话里，她死了的丈夫和儿子都是活的，她的一些住客也是活的）；所以后来虽然听了四个多月，倒并不觉得厌倦。有一回早餐时候，她说有一首诗，忘记是谁的，可以作她的墓铭，诗云：

这儿一个可怜的女人，
她在世永没有住过嘴。
上帝说她会复活，
我们希望她永不会。
其实我们倒是希望她会的。

道地的贤妻良母，她是；这里可以看见中国那老味儿。她原是个阔小姐，从小送到比利时受教育，学法文，学钢琴。钢琴大约还熟，法文可生疏了。她说街上如有法国人向她问话，她想起答话的时候，那人怕已经拐了弯儿了。结婚时得着她姑母一大笔遗产，靠着这笔遗产，她支持了这个家庭二十多年。歇卜士先生在剑桥大学毕业，一心想作诗人，成天住在云里雾里。他二十年只在家里待着，偶然教几个学生。他的诗送到剑桥的刊物上去，原稿却寄回了，附着一封客气的信。他又自己花钱印了一小本诗集，封面上注明，希望出版家采纳印行，但是并没有什么回响。太太常劝先生删诗行，譬如说，四

这里写歇卜士先生不切实际的人生追求，反衬了歇卜士太太的现实主义生活态度。

行中可以删去三行罢；但是他不肯割爱，于是乎只好敝帚自珍了。

“四行删去三行”幽默地讽刺。

歇卜士先生却会说好几国话。大战后太太带了先生小姐，还有一个朋友去逛意大利；住旅馆雇船等等，全交给诗人的先生办，因为他会说意大利话。幸而没出错儿。临上火车，到了站台上，他却不见了。眼见车就要开了，太太这一急非同小可，又不会说给别人，只好教小姐去张看，却不许她远走。好容易先生钻出来了，从从容容的，原来他上“更衣室”来着。

太太最伤心她的儿子。他也是大学生，长得一表人才。大战时去从军，训练的时候偶然回家，非常爱惜那庄严的制服，从不教它有一个折儿。大战快完的时候，却来了恶消息，他尽了他的职务了。太太最伤心的是这个时候的这种消息，她在举世庆祝休战声中，迷迷糊糊过了好些日子。后来逛意大利，便是解闷儿去的。她那时甚至于该领的恤金，无心也不忍去领——等到限期已过，即使要领，可也不成了。

这里写歇卜士太太因儿子的牺牲，悲伤得连抚恤金都不顾去领。也与上文的“不在乎”形成对比，说明她也是一个有喜怒哀乐的平常女人。

小姐现在是她唯一的亲人，她就为这个女孩子活着。早晨一块儿拾掇拾掇屋子，吃完了早饭，一块儿上街散步，回来便坐在饭厅里，说说话，看看通俗小说，就过了一天。晚上睡在一屋里。一星期也同出去看一两回电影。小姐大约有二十四五了，高个儿，总在五英尺十寸左右；蟹壳脸，露牙齿，脸上倒是和和气气的。爱笑，说话也天真得像个十二三岁小姑娘。先生死后，他的学生爱利斯很爱歇卜士太太，几次想和她结婚，她不肯。爱利斯是个传记家，有点小名气。那回诗人德拉梅在伦敦大学院讲文学的创造，曾经提到他的书。他很高兴，在歇卜士太太晚餐桌上特意说起这个。但是太太说他的书干燥无味，他送来，她们只翻了三五页就搁在一边儿了。她说最恨猫怕狗，连书上印的狗都怕，爱利斯却养着一大堆。她女儿最爱电影，爱利斯却瞧不起电影。她的不嫁，怎么穷也不嫁，一半为了女儿。

一句承上启下的话，将歇卜士太太家的过去与现在连接起来了。

这房子招徕住客，远在歇卜士先生在世时候。那时只收一个人，每日供早晚两餐，连宿费每星期五镑钱，合八九十元，够贵的。广告登出了，第一个来的是日本人，他们答应下了。第二天又来了个西班牙人，却只好谢绝了。从此住这所房的总是日本人多；先生死了，住客多了，后来竟有“日本房”的名字。这些日本人有一两个在外边有女人，有一个还让女人骗了，他们都回来在饭桌上报告，太太也同情地听着。有一回，一个人忽然在饭桌上谈论自由恋爱，而且似乎是冲着小姐说的。这一来太太可动了气。饭后就告诉那个人，请他另外找房住。这个人走了，可是日本人有个俱乐部，他大约在俱乐部里报告了些什么，以后日本人来住的便越过越少了。房间老是空着，太太的积蓄早完了，还只能在房子上打主意，这才抵押了出去。那时自然盼望赎回来，可是日子一天一天过去，情形并不见好。房子终于标卖，而且圣诞节后不久，便卖给一个犹太人了。她想着年头不景气，房子且没人要呢，那知犹太人到底有钱，竟要了去，经理人限期让房。快到期了，她直说来不及。经理人又向法院告诉，法院出传票教她去。她去了，女儿搀扶着；她从来没上过堂，法官说欠钱不让房，是要坐牢的。她又气又怕，几乎昏倒在堂上，结果只得答应了加紧找房。这种种也都是为了女儿，她可一点儿不悔。

将歇卜士太太在法官面前的“又气又怕”，与为了女儿“一点儿不悔”对比作写，将她的生活窘境描写得非常真切。

她家里先后也住过一个意大利人，一个西班牙人，都和小姐做过爱；那西班牙人并且和小姐定过婚，后来不知怎样解了约。小姐倒还惦着他，说是“身架真好看！”太太却说，“那是个坏家伙！”后来似乎还有个“坏家伙”，那是太太搬到金树台的房子里才来住的。他是英国人，叫凯德，四十多了。先是作公司兜售员，沿门兜售电气扫除器为生。有一天撞到太太旧宅里去了，他要表演扫除器给太太看，太太拦住他，说不必，她没有钱；她正要卖一批家具，老卖不出去，烦着呢。凯德说可以介绍一家公司来买，那一晚太太很高兴，想着他定是个大学毕业生。没两天，果然介绍了一家公司，将家具买去了。他本来住在他姊姊家，却搬到太太家来了。他没有薪水，全靠兜售的佣金；而电气扫除器那东西价钱很大，不容易脱手。所以便干搁起来了。这个人只是个买卖人，不是大学毕业生。大约穷了不止一天，他有个太太，在法国给人家看孩子，没钱，接不回来；住在姊姊家，也因为穷，让人家给请出来了。搬到金树台来，起初整付了一回房饭钱，后来便零碎地半欠半付，后来索性付不出了。不但不付钱，有时连午饭也要叨光。如是者两个多月，太太只得将他赶了出去。回国后接着太太的信，才知道小姐却有点喜欢凯德这个“坏蛋”，大约还跟他来往着。太太最提心这件事，小姐是她的命，她的命决不能交在一个“坏蛋”手里。

通过对凯德的身世及生活景况的描述，能让读者对伦敦市民及留学生等的生活处境有所了解。

小姐在芬乞来路时，教着一个日本太太英文。那时这位日本太太似乎非常关心歇卜士家住着的日本先生们，老是问这个问那个的；见了他们，也很亲热似的。歇卜士太太瞧着不大顺眼，她想着这女人有点儿轻狂。凯德的外甥女有一回来了，一个摩登少女。她照例将手绢掖在袜带子上，拿出来用时，让太太看在眼里。后来背地里议论道，“这多不雅相！”太太在小事情上是很敏锐的。有一晚那爱尔兰女仆端菜到饭厅，没有戴白帽檐儿。太太很不高兴，告诉我们，这个侮辱了主人，也侮辱了客人。但那女仆是个“社会主义”的贪婪的人，也许匆忙

通过女仆是否戴帽檐儿的生活小事，刻画出歇卜士太太非常注重人与人之间相处时的相互尊重。

中没想起戴帽檐儿；压根儿她怕就觉得戴不戴都是无所谓的。记得那回这女仆带了男朋友到金树台来，是个失业的工人。当时刚搬了家，好些零碎事正得一个人。太太便让这工人帮帮忙，每天给点钱。这原是一举两得，各厢情愿的。不料女仆却当面说太太揩了穷小子的油。太太听说，简直有点莫名其妙。

太太不上教堂去，可是迷信。她虽是新教徒，可是有一回丢了东西，却照人家传给的法子，在家点上一支蜡，一条腿跪着，口诵安东尼圣名，说是这么着东西就出来了。拜圣者是旧教的花样，她却不管。每回作梦，早餐时总翻翻占梦书。她有三本占梦书，有时她笑自己，三本书说的都不一样，甚至还相反呢。喝碗茶，碗里的茶叶，她也爱看；看像什么字头，便知是姓什么的来了。她并不盼望访客，她是在盼望住客啊。到金树台时，前任房东太太介绍一位英国住客继续住下。但这位半老的住客却嫌客人太少，女客更少，又嫌饭桌上没有笑，没有笑话，只看歇卜士太太的独角戏，老母亲似的唠唠叨叨，总是那一套。他终于托故走了，搬到别处去了。我们不久也离开英国，房子于是乎空空的。去年接到歇卜士太太来信，她和女儿已经作了人家管家老妈了；“维多利亚时代”的上流妇人，这世界已经不是她的了。

通过看茶叶的动作神情描写，折射出一位穷房东盼望住客的急切心理。

阅读指导

1931 年到 1932 年因为清华大学给予休假的机会，朱自清在欧洲住了 11 个月，其中在英国住了 7 个月。在浓雾重重的伦敦，朱自清除了学习外，大部分时间用于游览。朱自清在《伦敦杂记》中，对伦敦的书店、市民生活、政治事件，都有极其敏锐的观察和描写。

朱自清在欧洲的 11 个月中，做了歇卜士太太的房客，在 4 个月的相处中，他们成为“忘年朋友”，《伦敦杂记》所收的 9 篇散文中，有 3 篇与歇卜士太太有关。可见，作者在英国期间，歇卜士太太给他留下了很深的印象。

朱自清在伦敦的房东歇卜士太太，是一个爱唠叨的太太，也是一个能够乐观对待生活的太太，还是一个地道的贤妻良母，她曾卖了家具来为房客做火鸡，结果烤枯了，她很可惜，不是为了家具，而是为了火鸡，从中又可以看出她是多么真诚、厚道、友爱。然而，文章写得更多的是她的一个个穷困潦倒的房客的故事，也描述了她的家境是越来越走向困境，但可贵的是，无论怎样的困境，都不能改变她对生活的热情，对改变生活而努力的信心。

初读《房东太太》也许会感到内容有些散漫，但细读后，又觉得其实很有条理。作品中出现的人物有十多个，触及到的事那么多，那么细，细到还写了她的房客凯德及其一家的故事，似乎有些跑题，但细细体味后就会发现，无论是写想占她女儿便宜的日本房客，还是穷到连妻儿都接不回来的凯德一家，全都是围绕歇卜士太太这一中心人物安排的，那些“配角”不但全都是歇卜士太太的房客，更主要的是他们与她之间总有这样那样的故事，通过这些故事，折射出歇卜士太太在思想、情感上的个性特点，从侧面丰富了主人公的精神世界，比如在对待生活上的达观态度，以及对待女儿的一片慈母心。这就是常说的形散神不散。

乞丐

中外乞丐乞道有怎样的不一样呢？引人往下读。

"外国也有乞丐"，是的；但他们的丐道或丐术不大一样。近些年在上海常见的，马路旁水门汀上用粉笔写着一大堆困难情形，求人帮助，粉笔字一边就坐着那写字的人，——北平也见过这种乞丐，但路旁没有水门汀，便只能写在纸上或布上——却和外国乞丐相像；这办法不知是"来路货"呢，还是"此心同，此理同"呢?

伦敦乞丐在路旁画画的多，写字的却少。只在特拉伐加方场附近见过一个长须老者（外国长须的不多），在水门汀上端坐着，面前几行潦草的白粉字。说自己是大学出身，现在一寒至此，大学又有何用，这几句牢骚话似乎颇打动了一些来来往往的人，加上老者那炯炯的双眼，不露半星儿可怜相，也教人有点肃然。他右首放着一只小提箱，打开了，预备人往里扔钱。那地方本是四通八达的闹市，扔钱的果然不少。箱子内外都撒的铜子儿（便士），别的乞丐却似乎没有这么好的运气。

也许是朱自清自己也做过教授，而且是穷困潦倒的教授，所以要将教授乞丐这个材料写在最前面。

画画的大半用各色粉笔，也有用颜料的。见到的有三种花样。或双钩 To Live（求生）二字，每一个字母约一英尺见方，在双钩的轮廓里精细地作画。字母整齐匀净，通体一笔不苟。或双钩 Good Luck（好运）二字，也有只用 Luck（运气）一字的。——“求生”是自道，“好运”、“运气”是为过客颂祷之辞。或画着四五方风景，每方大小也在一英尺左右。通常画者坐在画的一头，那一头将他那旧帽子翻过来放着，铜子儿就扔在里面。

这些画丐有些在艺术学校受过正式训练，有些平日爱画两笔，算是“玩艺儿”。到没了落儿，便只好在水门汀上动起手来了。一九三二年五月十日，这些人还来了一回展览会。那天的晚报上选印了几幅，有两幅是彩绣的。绣的人诨名“牛津街开特尔老大”，拳乱时做水手，来过中国，他还记得那时情形。这两幅画绣在帆布（画布）上，每幅下了八万针。他绣过英王爱德华像，据说颇为当今王后所赏识，那是他生平最得意的时候。现在却只在牛津街上浪荡着。

“没了落儿”，是指生活无着落。

晚报上还记着一个人。他在杂戏馆干过三十五年，名字常大书在海报上。三年前还领了一个杂戏班子游行各处，他扮演主要的角色。英伦三岛的城市都到过；大陆上到过百来处，美国也到过十来处。也认识贾波林。可是时运不济，“老伦敦”却没一个子儿。他想起从前朋友们说过静物写生多么有意思，自己也曾学着玩儿；到了此时，说不得只好凭着这点“玩艺儿”

对于有自尊的人来说，脸面总是比肚皮更重要。

在泰晤士河长堤上混混了。但是他怕认得他的人太多，老是背向着路中，用大帽檐遮了脸儿。他说在水门汀上作画颇不容易，最怕下雨，几分钟的雨也许毁了整天的工作。他说总想有朝一日再到戏台上去。

画丐外有乐丐。牛津街见过一个，开着话匣子，似乎是坐在三轮自行车上，记得颇有些堂哉皇也的神气。复活节星期五在冷街中却见过一群，似乎一人推着风琴，一人按着，一人高唱《颂圣歌》——那推琴的也和着。这群人样子却就狼狈了。据说话匣子等等都是赁来，他们大概总有得赚的。另一条冷街上见过一个男的带着两个女的，穿著得像刚从垃圾堆里出来似的。一个女的还抹着胭脂，简直是一块块红土！男的奏乐，女的乱七八糟地跳舞，在刚下完雨泥滑滑的马路上。这种女乞丐像很少。又见过一个拉小提琴的人，似乎很年轻，很文雅，向着步道上的过客站着。右手本来抱着个小猴儿，拉琴时先把它抱在左肩头蹲着。拉了没几弓子，猴儿尿了，他只若无其事，让衣服上淋淋漓漓的。

戏剧性的搞笑镜头，增添了文章的幽默感。

牛津街上还见过一个，那真狼狈不堪。他大概赁话匣子等等的力量都没有，只找了块板儿，三四尺长，五六寸宽，上面安上条弦子，用只玻璃水杯将弦子绷起来。把板儿放在街沿下，便蹲着，两只手穿梭般弹奏着。那是明灯初上的时候，步道上人川流不息；一双双脚从他身边匆匆地跨过去，看见

乞丐自己为了行乞所做的努力，与路人的冷漠形成了鲜明的对比——做乞丐也真不容易。

他的似乎不多。街上汽车声脚步声谈话声混成一片，他那独弦的细声细气，怕也不容易让人听见。可是他还是埋着头弹他那一手。

几年前一个朋友还见过背诵迭更斯小说的。大家正在戏园门口排着班等买票，这个人在旁背起《块肉余生述》来，一边念，一边还做着。这该能够多找几个子儿，因为比那些话匣子等等该有趣些。

背诵名著更见乞丐自身的功夫，也应了付出往往与获得成正比的道理。

警察禁止空手空口的乞丐，乞丐便都得变做卖艺人。若是无艺可卖，手里也得拿点东西，如火柴皮鞋带之类。路角落里常有男人或女人拿着这类东西默默站着，脸上大都是黯淡的。其实卖艺，卖物，大半也是幌子，不过到底教人知道自尊些，不许不做事白讨钱。只有瞎子，可以白讨钱。他们站着或坐着，胸前有时挂一面纸牌子，写着“盲人”。又有一种人，在乞丐非乞丐之间。有一回找一家杂耍场不着，请教路角上一个老者。他殷勤领着走，一面说刚失业，没钱花，要我帮个忙儿。给了五个便士（约合中国三毛钱），算是酬劳，他还争呢。其实只有二三百步路罢了。跟着走，诉苦，白讨钱的，只遇着一次；那里街灯很暗，没有警察，路上人也少，我又是外国人，他所以厚了脸皮，放了胆子——他自然不是瞎子。

一个具有相当文明程度的社会，应当杜绝纯粹空手出卖尊严行乞的人。

从对最后一位白讨钱的带路人的描述中，可见作者对于那些为了不劳而获的人是给予鄙视的。

阅读指导

当今著名女作家毕淑敏曾在她的《坦然走过乞丐》一文中写道："乞丐是一个现象，它把贫穷和孱弱表面化了，瘫软地体现了出来。"恐怕没有人没有见过乞丐，古代有，当今有，中国有，外国有。毕淑敏的《坦然走过乞丐》中她对待乞丐下限地出卖尊严表明了她的"坦然"态度，那么，比毕淑敏要早半个世纪的朱自清，又是如何面对乞丐的呢？这个问题足以引起读者对阅读的期待。

张爱玲说："乞丐不是人，因为在孔教里，人生的范围很有限"，又说："乞丐不能有家庭或是任何人与人的关系，除掉乞怜于人的这一种，而这又是有损于个人道德的；于是乞丐被逐出宗教的保护之外。"

朱自清在这篇《乞丐》一文中，不像毕淑敏那样，对所有的乞丐都"坦然走过"，也没有如张爱玲那样把所有的乞丐都排斥于人这一范畴。在朱自清看来，如果像上海乞丐那样，在水门汀上"写着一大堆困难情形，求人帮助"的，姑且不论其"困难情形"是否真实，也多半是在出卖人格自尊，很容易从文字中读出朱自清对这种乞丐的鄙视，也包括他在请人带路，结果遇上了一个白讨钱的人，像这样的乞丐，也是毕淑敏表示要"坦然走过的"。但是，朱自清却对国外街头那些以绘画、卖唱这类乞丐是大加肯定的，尤其是那个失业教授，敢于通过静物写生维持生计，这种能上能下的生活态度是朱自清大加赞赏的。

朱自清这篇写乞丐的文章，没有太重的严肃之味，单从那泡猴尿也可见其轻松幽默的行文风格，这也不单单只是文风的问题，从中也折射出一种对待人生的态度。

中国学术界的大损失

——悼闻一多先生

一

闻一多先生在昆明惨遭暗杀，激起全国的悲愤。这是民主运动的大损失，又是中国学术的大损失。关于后一方面，作者知道的比较多，现在且说个大概，来追悼这一位多年敬佩的老朋友。

一句话，概括而清楚地说明了闻一多遭暗杀对“民主运动”和“中国学术界”两方面来说都是“大损失”。

大家都知道闻先生是一位诗人。他的《红烛》，尤其他的《死水》，读过的人很多。这些集子的特色之一，是那些爱国诗。在抗战以前他也许是唯一的爱国新诗人，这里可以看出他对文学的态度。新文学运动以来，许多作者都认识了文学的政治性和社会性而有所表现，可是闻先生认识得特别亲切，表现得特别强调。他在过去的诗人中最敬爱杜甫，就因为杜诗政治性和社会性最浓厚。后来他更进一步，注意原始人的歌舞：这是集团的艺术，也是与生活打成一片的艺术。他要的是热情，是力量，是火一样的生命。

但是他并不忽略语言的技巧，大家都记得他是提倡诗的新格律的人，也是创造诗的新格律的人。他创造自己的诗的语言，并且创造自己的散文的语

格律诗讲究三美：建筑美、绘画

美、音乐美。新格律诗派提出了“理性节制情感”的美学原则。该派诗人的最优秀代表是闻一多、徐志摩。

言。诗大家都知道，不必细说；散文如《唐诗杂论》，可惜只有五篇，那经济的字句，那完密而短小的篇幅，简直是诗。我听他近来的演说，有两三回也是这么精悍，字字句句好似称量而出，却又那么自然流畅。他因此也特别能够体会古代语言的曲折处。当然，以上这些都得靠学力，但是更得靠才气，也就是想象。单就读古书而论，固然得先通文字声韵之学；可是还不够，要没有活泼的想象力，就只能做出点滴的饾饤（dòu dìng）的工作，决不能融会贯通的。这里需要细心，更需要大胆。闻先生能够体会到古代语言的表现方式，他的校勘古书，有些地方胆大得吓人，但却得细心吟味所得；平心静气读下去，不由人不信。校书本有死校活校之分；他自然是活校，而因为知识和技术的一般进步，他的成就骎骎（qīn）乎驾活校的高邮王氏父子而上之。

骎骎，形容马跑得很快的样子，也形容事业等进展得很快。

他研究中国古代，可是他要使局部化了石的古代复活在现代人的心目中。因为这古代与现代究竟属于一个社会，一个国家，而历史是联贯的。我们要客观地认识古代；可是，是“我们”在客观地认识古代，现代的我们要能够在心目中想象古代的生活，要能够在心目中分享古代的生活，才能认识那活的古代，也许才是那真的古代——这也才是客观地认识古代。闻先生研究伏羲的故事或神话，是将这神话跟人们的生活打成一片；神话不是空想，不

介绍闻一多与别人不同的研究方法。

是娱乐，而是人民的生命欲和生活力的表现。这是死活存亡的消息，是人与自然斗争的纪录，非同小可。他研究《楚辞》的神话，也是一样的态度。他看屈原，也将他放在整个时代整个社会里看。他承认屈原是伟大的天才；但天才是活人，不是偶像，只有这么看，屈原的真面目也许才能再现在我们心中。他研究《周易》里的故事，也是先有一整个社会的影像在心里。研究《诗经》也如此，他看出那些情诗里不少歌咏性生活的句子；他常说笑话，说他研究《诗经》，越来越“形而下”了——其实这正表现着生命的力量。

他是有幽默感的人；他的认识古代，有时也靠着这种幽默感。看《匡斋尺牍》里《狼跋》一篇，便知道他能够体会到别人从不曾体会到的古人的幽默感。而所谓“匡斋”本于匡衡说诗解人颐那句话，正是幽默的意思。他的《死水》里《闻一多先生的书桌》，也是一首难得的幽默的诗。他有着强大的生命力，常跟我们说要活到八十岁，现在还不满四十八岁，竟惨死在那卑鄙恶毒的枪下！有个学生曾瞻仰他的遗体，见他“遍身血迹，双手抱头，全身痉挛”。唉！他是不甘心的，我们也是不甘心的！

语出《易经》：“形而上者谓之道，形而下者谓之器”。形而上的东西指道，既是指哲学方法，又是指思维活动。形而下则是指具体的、可以捉摸到的东西或器物。

用他对生活的幽默态度、与对生命的热爱并希望长寿来反衬国民党暴徒杀害他的残忍。

二

首句强调“损失”，引人慨叹，引人追悼，引人怀想！

闻先生的惨死尤其是中国文学方面一个不容易补偿的损失。

闻先生的专门研究是《周易》《诗经》《庄子》《楚辞》、唐诗，许多人都知道。他的研究工作至少有了二十年，发表的文字虽然不算太多，但积存的稿子却很多。这些并非零散的稿子，大都是成篇的，而且他亲手抄写得很工整。只是他总觉得还不够完密，要再加些工夫才愿意编篇成书。这可见他对于学术忠实而谨慎的态度。

他最初在唐诗上多用力量。那时已见出他是个考据家，并已见出他的考据的本领。他注重诗人的年代和诗的年代。关于唐诗的许多错误的解释与错误的批评，都由于错误的年代。他曾将唐代一部分诗人生卒年代可考者制成一幅图表，谁看了都会一目了然。他是学过图案画的，这帮助他在考据上发现了一种新技术，这技术是值得发展的。但如一般所知，他又是个诗人，并且是个在领导地位的新诗人，他亲自经过创作的甘苦，所以更能欣赏诗人与诗。他的《唐诗杂论》虽然只有五篇，但都是精彩逼人之作。这些不但将欣赏和考据融化得恰到好处，并且创造了一种诗样精粹的风格，读起来句句耐人寻味。

不用“融合”而用“融化”，表明闻一多对唐诗的“欣赏”与“考据”

后来他在《诗经》、《楚辞》上多用力量。我们知道要了解古代文学，必须从语言下手，就是从文字声韵下手。但必须能够活用文字声韵的种种条例，才能有所创获。闻先生最佩服王念孙父子，常将《读书杂志》、《经义述闻》当作消闲的书读着。他在古书通读上有许多惊人而确切的发明。对于甲骨文和金文，也往往有独到之见。他研究《诗经》，注重那时代的风俗和信仰等等，这几年更利用弗洛依德以及人类学的理论得到一些深入的解释。他对《楚辞》的兴趣似乎更大，而尤集中于其中的神话。他的研究神话，实在给我们学术界开辟了一条新的大路。关于伏羲的故事，他曾将许多神话综合起来，头头是道，创见最多，关系极大。曾听他谈过大概，可惜写出来的还只是一小部分。他研究《周易》，是爱其中的片段的故事，注重的是社会生活经济生活的表现。近三四年他又专力研究《庄子》，探求原始道教的面目，并发见庄子一派政治上不合作的态度。以上种种都跟传统的研究不同：眼光扩大了，深入了，技术也更进步了，更周密了。所以贡献特别多，特别大。近年他又注意整个的中国文学史，打算根据经济史观去研究一番，可惜还没有动手就殉了道。

不只是简单地拼合，而是达到了二者有机的结合。

这里的“可惜”二字，不只是哀婉闻一多先生的早逝，也哀痛他们的早逝。

这真是我们一个不容易补偿的损失啊！

阅读指导

1945年抗日战争结束后，全国人民希望实现和平民主，但国民党政府却一意孤行，坚持一党专政，并在美国支持下奉行内战政策。闻一多在1945年担任中国民主同盟会委员兼云南省负责人、昆明《民主周刊》社长。12月1日，大批国民党特务和军人围攻西南联大和云南大学等学校，毒打反对内战、要求和平的学生和教师，并向学生集中的地方投掷手榴弹，造成了震惊全国的“一二·一惨案”。“一二·一惨案”发生后，闻一多英勇地投身爱国民主运动，反对蒋介石的独裁统治。1946年7月11日，中国民主同盟中央委员、云南省支部负责人之一李公朴在昆明被国民党暗杀，15日，在悼念李公朴的大会上，闻一多发表了著名的《最后一次演讲》，当天下午在西仓坡宿舍门口即被国民党军官汤时亮和李文山枪杀，闻一多之子闻立鹤也身受重伤。

朱自清与闻一多在清华共事14年。人们评论朱自清和闻一多时，皆称他们是清华园的“双子星座”。1928年闻一多受聘到清华大学国文系任教，作为文学系主任的朱自清对闻一多也是有知遇之恩的。闻一多将自己的课程修正案签注交给朱自清看后，朱自清赞其“盛有佳见”。尤其是在讨论诗歌时，闻一多的见解很受朱自清的好评。闻一多个性直率，尽管朱自清对闻一多的一些观点与看法不赞同，但这些并不影响朱自清对闻一多才华的欣赏。闻一多被刺杀后，悼念文章写得最多，纪念工作做得最切实，编辑《闻一多全集》用力最勤的，就是朱自清。当时，朱自清身体已极度虚弱，经常彻夜胃痛、呕吐。但他抱病全力组织搜集、整理、编辑闻一多的文章资料。《闻一多全集》出版了，朱自清却没能看到就离世了。

闻一多与朱自清在性情上有很大不同，但在治学态度上，两人却有着一致的谨严。西南联大期间，朱自清曾与闻一多及几位同事在昆明的清华文科研究所里住了两年多。朱自清曾对闻一多说，要细细阅读他的全部手稿。闻一多许多研究心得并未来得及整理发表，所以朋友之间就有阅读手稿的先得之快。可是，在一起相处的两年多时间，朱自清竟没有认真读下去。1946 年初，朱自清因为写文章需要参考闻一多的稿子，便一早赶到闻家。闻一多出去了，朱自清征得闻夫人同意，将闻一多的手稿翻了出来查寻，竟花了几个小时，才将闻一多的许多手稿都过了一遍。正因如此，朱自清在这篇悼念闻一多先生的文章中，对于闻一多先生对古代文学的研究内容以及观点态度，才会一一道来，如数家珍。

但是，这篇文章绝对不只是单纯介绍闻一多先生的文学、学术成就。阅读闻一多手稿给朱自清留下了很深印象，他说："闻先生的稿子却总是百分之九十九的工楷，差不多一笔不苟，无论整篇整段，或一句两句。不说别的，看了先就悦目。他常说抄稿子同时也练了字，他的字有些进步，就靠了抄稿子。"遗憾的是距离朱自清这次翻阅手稿不过半年，闻一多惨遭杀害。因此，朱自清再次阅读闻一多的稿子时，已是替闻一多编辑遗稿了，此时再去体会朱自清转述一位学生目睹闻一多先生遇难时"遍身血迹，双手抱头，全身痉挛"的悲状时，怎么会不令人悲从中来，怒火中烧？正如他感慨道："他是不甘心的，我们也是不甘心的！"

儿 女

我现在已是五个儿女的父亲了。想起圣陶喜欢用的“蜗牛背了壳”的比喻，便觉得不自在。新近一位亲戚嘲笑我说，“要剥层皮呢！”更有些悚(sǒng)然了。十年前刚结婚的时候，在胡适之先生的《藏晖室札记》里，见过一条，说世界上有许多伟大的人物是不结婚的，文中并引培根的话，“有妻子者，其命定矣。”当时确吃了一惊，仿佛梦醒一般；但是家里已是不由分说给娶了媳妇，又有甚么可说？现在是一个媳妇，跟着来了五个孩子；两个肩头上，加上这么重一副担子，真不知怎样走才好。“命定”是不用说了，从孩子们那一面说，他们该怎样长大，也正是可以忧虑的事。我是个彻头彻尾自私的人，做丈夫已是勉强，做父亲更是不成。自然，“子孙崇拜”、“儿童本位”的哲理或伦理，我也有些知道；既做着父亲，闭了眼抹杀孩子们的权利，知道是不行的。可惜这只是理论，实际上我是仍旧按照古老的传统，在野蛮地对付着，和普通的父亲一样。近来差不多是中年的人了，才渐渐觉得自己的残酷；

将“两个肩头”与“一个媳妇”“五个孩子”形成对比，让人很容易体会其生活担子之重。

想着孩子们受过的体罚和叱责，始终不能辩解——像抚摩着旧创痕那样，我的心酸溜溜的。有一回，读了有岛武郎《与幼小者》的译文，对了那种伟大的、沉挚的态度，我竟流下泪来了。去年父亲来信，问起阿九，那时阿九还在白马湖呢。信上说，“我没有耽误你，你也不要耽误他才好。”我为这句话哭了一场；我为什么不像父亲的仁慈？我不该忘记，父亲怎样待我们来着！人性许真是二元的，我是这样地矛盾，我的心像钟摆似的来去。

像钱钟书的幽默一样的比喻。

“男儿有泪不轻弹”，无需详细描写，便可想象朱自清当时生活的压力与自责感之间的矛盾。

你读过鲁迅先生的《幸福的家庭》么？我的便是那一类的“幸福的家庭”！每天午饭和晚饭，就如两次潮水一般。先是孩子们你来他去地在厨房与饭间里查看，一面催我或妻发“开饭”的命令。急促繁碎的脚步，夹着笑和嚷，一阵阵袭来，直到命令发出为止。他们一递一个地跑着喊着，将命令传给厨房里佣人，便立刻抢着回来搬凳子。于是这个说，“我坐这儿！”那个说，“大哥不让我！”大哥却说，“小妹打我！”我给他们调解，说好话。但是他们有时候很固执，我有时候也不耐烦，这便用着叱责了；叱责还不行，不由自主地，我的沉重的手掌便到他们身上了。于是哭的哭，坐的坐，局面才算定了。接着可又你要大碗，他要小碗，你说红筷子好，他说黑筷子好；这个要干饭，那个要稀饭，要茶要汤，要鱼要肉，要豆腐，要萝卜；你说

本段的白描杂而不乱，将每个人的动作神态都刻画得恰到好处。中间又用了排比、比喻等修辞，让场景更生动。

他菜多，他说你菜好。妻是照例安慰着他们，但这显然是太迂缓了。我是个暴躁的人，怎么等得及？不用说，用老法子将他们立刻征服了；虽然有哭的，不久也就抹着泪捧起碗了。吃完了，纷纷爬下凳子，桌上是饭粒呀，汤汁呀，骨头呀，渣滓呀，加上纵横的筷子，欹（qī）斜的匙子，就如一块花花绿绿的地图模型。吃饭而外，他们的大事便是游戏。游戏时，大的有大主意，小的有小主意，各自坚持不下，于是争执起来；或者大的欺负了小的，或者小的竟欺负了大的，被欺负的哭着嚷着，到我或妻的面前诉苦；我大抵仍旧要用老法子来判断的，但不理的时候也有。最为难的，是争夺玩具的时候：这一个的与那一个的是同样的东西，却偏要那一个的，而那一个便偏不答应。在这种情形之下，不论如何，终于是非哭了不可的。这些事件自然不至于天天全有，但大致总有好些起。我若坐在家里看书或写什么东西，管保一点钟里要分几回心，或站起来一两次的。若是雨天或礼拜日，孩子们在家的多，那么，摊开书竟看不下一行，提起笔也写不出一个字的事，也有过的。我常和妻说：“我们家真是成日的千军万马呀！”有时是不但“成日”，连夜里也有兵马在进行着，在有吃乳或生病的孩子的时候！我结婚那一年，才十九岁。二十一岁，有了阿九；二十三岁，又有了阿菜。那时我正像一匹野马，那能容忍这些

这里又见朱自清长于细腻描写的功力。如果说前面写吃饭前的吵嚷与吃饭时的纷争是场战争，饭后的场面则该是狼藉不堪的战场了。

朱自清不但用场景描写，再现了孩子们淘气的真实状况，也用真诚的文字道出了自己不堪生活重负的苦楚。

累赘（zhuì）的鞍鞯（jiàn），辔（pèi）头，和缰绳？摆脱也知是不行的，但不自觉地时时在摆脱着。现在回想起来，那些日子，真苦了这两个孩子；真是难以宽宥（yòu）的种种暴行呢！阿九才两岁半的样子，我们住在杭州的学校里。不知怎地，这孩子特别爱哭，又特别怕生人。一不见了母亲，或来了客，就哇哇地哭起来了。学校里住着许多人，我不能让他扰着他们，而客人也总是常有的。我懊恼极了，有一回，特地骗出了妻，关了门，将他按在地下打了一顿。这件事，妻到现在说起来，还觉得有些不忍；她说我的手太辣了，到底还是两岁半的孩子！我近年常想着那时的光景，也觉黯然。阿菜在台州，那是更小了，才过了周岁，还不大会走路。也是为了缠着母亲的缘故吧，我将她紧紧地按在墙角里，直哭喊了三四分钟，因此生了好几天病。妻说，那时真寒心呢！但我的苦痛也是真的。我曾给圣陶写信，说孩子们的折磨，实在无法奈何，有时竟觉着还是自杀的好。这虽是气愤的话，但这样的心情，确也有过的。后来孩子是多起来了，磨折也磨折得久了，少年的锋棱渐渐地钝起来了；加以增长的年岁增长了理性的裁制力，我能够忍耐了——觉得从前真是一个"不成材的父亲"，如我给另一个朋友信里所说。但我的孩子们在幼小时，确比别人的特别不安静，我至今还觉如此。我想这大约还是由于

用马、鞍鞯、辔头和缰绳来比喻23岁就有了两个孩子的自己，更形象地体现出他那时的生活状况。

我们抚育不得法，从前只一味地责备孩子，让他们代我们负起责任，却未免是可耻的残酷了！

用“正开的花”比喻五个月孩子的笑，恐怕难有更好的喻体了。

抓住了孩子牙牙学语时的特点。没有过做父母的人是不可能想象得到的。

用几件事来刻画闰儿，其形象立刻丰满起来。

正面意义的“幸福”，其实也未尝没有。正如谁所说，小的总是可爱，孩子们的小模样，小心眼儿，确有些教人舍不得的。阿毛现在五个月了，你用手指去拨弄她的下巴，或向她做趣脸，她便会张开没牙的嘴格格地笑，笑得像一朵正开的花。她不愿在屋里待着，待久了，便大声儿嚷。妻常说：“姑娘又要出去溜达了。”她说她像鸟儿般，每天总得到外面溜一些时候。闰儿上个月刚过了三岁，笨得很，话还没有学好呢。他只能说三四个字的短语或句子，文法错误，发音模糊，又得费气力说出，我们老是要笑他的。他说“好”字，总变成“小”字；问他“好不好？”他便说“小”，或“不小”。我们常常逗着他说这个字玩儿；他似乎有些觉得，近来偶然也能说出正确的“好”字了——特别在我们故意说成“小”字的时候。他有一只搪瓷碗，是一毛来钱买的；买来时，老妈子教给他，“这是一毛钱。”他便记住“一毛”两个字，管那只碗叫“一毛”，有时竟省称为“毛”。这在新来的老妈子，是必需翻译了才懂的。他不好意思，或见着生客时，便咧着嘴痴笑；我们常用了土话，叫他做“呆瓜”。他是个小胖子，短短的腿，走起路来，蹒跚可笑；若快走或跑，便更“好看”了。他有时学我，将两手叠在背后，一摇一摆的，那是他自己和我们都要乐的。他的大姊便是阿菜，已是七岁多了，在小学校里念着书。在饭桌上，一定得啰啰唆唆地报告些同学或他们父母的事情；气喘喘地说着，不管你爱听不爱听。说完了总问我："爸爸认识么？""爸爸知道么？"妻常禁止她吃饭时说话，所以她总是问我。她的问题真多：看电影便问电影里的是不是人？是不是真人？怎么不说话？看照相也是一样。不知谁告诉她，兵是要打人的。她回来便问，兵是人么？为什么打人？近来大约听了先生的话，回来又问张作霖的兵是帮谁的？蒋介石的兵是不是帮我们的？诸如此类的问题，每天短不了，常常闹得我不知怎样答才行。她和闰儿在一处玩儿，一大一小，不很合式，老是吵着哭着。但合式的时候也有：譬如这个往床底下躲，那个便钻进去追着；这个钻出来，那个也跟着——从这个床到那个床，只听见笑着，嚷着，喘着，真如妻所说，像小狗似的。现在在京的，便只有这三个孩子；阿九和转儿是去年北来时，让母亲暂时带回扬州去了。阿九是欢喜书的孩子。他爱看《水浒》《西游记》《三侠五义》《小朋友》等，没有事便捧着书坐着或躺着看。只不欢喜《红楼梦》，说是没有味儿。是的，《红楼梦》的味儿，一个十岁的孩子，哪里能领略呢？去年我们事实上只能带两个孩子来；因为他大些，而转儿

由于做父亲的心态改变了，对孩子游戏的描写，便不再是烦，而是字字充满欢乐。

详写与阿九分别，因为这个场面让作者非常难忘和伤心，也打动了读者的心。

是一直跟着祖母的，便在上海将他俩丢下。我清清楚楚记得那分别的一个早上，我领着阿九从二洋泾桥的旅馆出来，送他到母亲和转儿住着的亲戚家去。妻嘱咐说："买点吃的给他们吧。"我们走过四马路，到一家茶食铺里。阿九说要熏鱼，我给买了；又买了饼干，是给转儿的。便乘电车到海宁路。下车时，看着他的害怕与累赘，很觉恻然。到亲戚家，因为就要回旅馆收拾上船，只说了一两句话便出来；转儿望望我，没说什么，阿九是和祖母说什么去了。我回头看了他们一眼，硬着头皮走了。后来妻告诉我，阿九背地里向她说："我知道爸爸欢喜小妹，不带我上北京去。"其实这是冤枉的。他又曾和我们说："暑假时一定来接我啊！"我们当时答应着；但现在已是第二个暑假了，他们还在迢迢的扬州待着。他们是恨着我们呢？还是惦着我们呢？妻是一年来老放不下这两个，常常独自暗中流泪；但我有什么法子呢！想到"只为家贫成聚散"一句无名的诗，不禁有些凄然。转儿与我较生疏些。但去年离开白马湖时，她也曾用了生硬的扬州话（那时她还没有到过扬州呢），和那特别尖的小嗓子向着我："我要到北京去。"她晓得什么北京，只跟着大孩子们说罢了；但当时听着，现在想着的我，却真是抱歉呢。这兄妹俩离开我，原是常事，离开母亲，虽也有过一回，这回可是太长了；小小的心儿，知道是怎样

一个选择疑问句的运用，作者没有直接说自己内心的愧疚，但愧疚之情已在句意中。

忍耐那寂寞来着！

我的朋友大概都是爱孩子的。少谷有一回写信责备我，说儿女的吵闹，也是很有趣的，何至可厌到如我所说，他说他真不解。子恺为他家华瞻写的文章，真是“蔼然仁者之言”。圣陶也常常为孩子操心：小学毕业了，到什么中学好呢？——这样的话，他和我说过两三回了。我对他们只有惭愧！可是近来我也渐渐觉着自己的责任。我想，第一该将孩子们团聚起来，其次便该给他们些力量。我亲眼见过一个爱儿女的人，因为不曾好好地教育他们，便将他们荒废了。他并不是溺爱，只是没有耐心去料理他们，他们便不能成材了。我想我若照现在这样下去，孩子们也便危险了。我得计划着，让他们渐渐知道怎样去做人才行。但是要不要他们像我自己呢？这一层，我在白马湖教初中学生时，也曾从师生的立场上问过丏尊，他毫不踌躇地说，“自然啰。”近来与平伯谈起教子，他却答得妙：“总不希望比自己坏啰。”是的，只要不“比自己坏”就行，“像”不“像”倒是不在乎的。职业、人生观等，还是由他们自己去定的好。自己顶可贵，只要指导，帮助他们去发展自己，便是极贤明的办法。

称赞朋友们都是称职的父亲，反衬出自己曾经对孩子的粗暴与亏欠，自责之心更见深沉凝重。

予同说：“我们得让子女在大学毕了业，才算尽了责任。”SK说：“不然，要看我们的经济，他们的材质与志愿；若是中学毕了业，不能或不愿升学，便去做别的事，譬如做工人吧，那也并非不行的。”自然，人的好坏与成败，也不尽靠学校教育；说是非大学毕业不可，也许只是我们的偏见。在这件事上，我现在毫不能有一定的主意；特别是这个变动不居的时代，知道将来怎样？好在孩子们还小，将来的事且等将来吧。目前所能做的，只是培养他们基本的力量——胸襟与眼光；孩子们还是孩子们，自然说不上高的远的，慢慢从近处小处下手便了。这自然也只能先按照我自己的样子："神而明之，存乎其人，"光辉也罢，倒楣也罢，平凡也罢，让他们各尽各的力去。我只希望如我所想的，从此好好地做一回父亲，便自称心满意。——想到那“狂人”“救救孩子”的呼声，我怎敢不悚然自勉呢？

语出鲁迅的《狂人日记》。以一个“狂人”的所见所闻，指出中国文化的腐朽，对平民特别是孩子的毒害。小说最后一句便是“救救孩子！”

阅读指导

朱自清先生有过两次婚姻。1916年，他在老家与武钟谦女士结婚，婚后生育六个儿女，分别是长子朱迈先、长女朱采芷、次女朱逖先、次子朱闰生、小女朱效武、小儿朱六儿（1岁夭折）。1929年，武仲谦因患肺病不治去世。1932年，朱自清与陈竹隐女士结婚，婚后生有三个孩子，他们是朱思俞、朱乔森及幼女朱蓉隽。本文写于1928年，文中所讲的五个孩子，是他与武仲谦女士所生。

《儿女》一文描述的是朱自清从青年到中年这一段时间对待儿女的态度的变迁。一如朱自清别的作品，文章没有华美、绮丽的词句，没有精雕细琢的构造，在简洁、朴实的笔墨之间，有一种自然美的魅力，真实地向读者展现了作为父亲朱自清的生活点滴和心路历程，把自己作为父亲对儿女细密的观察，对日常生活深切的体验，向读者坦诚倾诉……

朱自清通过《儿女》这篇文章，真实而深情地坦露了自己从不懂孩子，更不懂得爱孩子的父亲，到成为能够在孩子的淘气中感受到幸福，并为他们的未来作想的有担当、有责任、有情爱的慈父的全过程。或者说，是孩子们的成长迫使着朱自清作为父亲角色的成长。因此，在文章的前半部分，饱含着朱自清因为对孩子使粗而感到的深深愧疚，而在后半部分，朱自清则在工作之余、读书写作之余，开始抽出时间来观察孩子的生活，分享孩子们的快乐。而让他成长为一个成熟的父亲，也正是在这样的一些过程之中。

《儿女》看似娓娓道来的家常话，却极为真切、生动，具有感染力。写送阿九和转儿的一段中，尽管追叙的是一些平常事，但那种伤感、愧疚的心情却流淌在字里行间，使读者真切地感受到一个父亲对子女深沉的依恋和爱。

择偶记

自己是长子长孙，所以不到十一岁就说起媳妇来了。那时对于媳妇这件事简直茫然，不知怎么一来，就已经说上了。是曾祖母娘家人，在江苏北部一个小县份的乡下住着。家里人都在那里住过很久，大概也带着我；只是太笨了，记忆里没有留下一点影子。祖母常常躺在烟榻上讲那边的事，提着这个那个乡下人的名字。起初一切都像只在那白腾腾的烟气里。日子久了，不知不觉熟悉起来了，亲昵起来了。除了住的地方，当时觉得那叫做“花园庄”的乡下实在是最有趣的地方了。因此听说媳妇就定在那里，倒也仿佛理所当然，毫无意见。每年那边田上有人来，蓝布短打扮，衔着旱烟管，带好些大麦粉、白薯干儿之类。他们偶然也和家里人提到那位小姐，大概比我大四岁，个儿高，小脚，但是那时我热心的其实还是那些大麦粉和白薯干儿。

“白腾腾的烟”一语双关，字面的意思是祖母吐出的烟雾，暗中的意思是那件让朱自清茫然的婚事。

记得是十二岁上，那边捎信来，说小姐痨病死了。家里并没有人叹惜；大约他们看见她时她还小，年代一多，也就想不清是怎样一个人了。父亲其时在外省做官，母亲颇为我亲事着急，便托了常来做衣服的裁缝做媒。为的是裁缝走的人家多，而且可以看见太太小姐。主意并没有错，裁缝来说一家人家，有钱，两位小姐，一位是姨太太生的；他给说的是正太太生的大小姐。他说那边要相亲。母亲答应了，定下日子，由裁缝带我上茶馆。记得那是冬天，到日子母亲让我穿上枣红宁绸袍子，黑宁绸马褂，戴上红帽结儿的黑缎瓜皮小帽，又叮嘱自己留心些。茶馆里遇见那位相亲的先生，方面大耳，同我现在年纪差不多，布袍布马褂，像是给谁穿着孝。这个人倒是慈祥的样子，不住地打量我，也问了些念什么书一类的话。回来裁缝说人家看得很细：说我的“人中”长，不是短寿的样子，又看我走路，怕脚上有毛病。总算让人家看中了，该我们看人家了。母亲派亲信的老妈子去。老妈子的报告是，大小姐个儿比我大得多，坐下去满满一圈椅；二小姐倒苗苗条条的，母亲说胖了不能生育，像亲戚里谁谁谁；教裁缝说二小姐。那边似乎生了气，不答应，事情就吹了。

作者将“有钱”二字放于前面介绍，这不是他的本意，是在仿着媒婆的习惯语序。

写胖不用斤两，而用“满满一圈椅”，真是太形象不过了。

母亲在牌桌上遇见一位太太，她有个女儿，透着聪明伶俐。母亲有了心，回家说那姑娘和我同年，跳来跳去的，还是个孩子。隔了些日子，便托人探探那边口气。那边做的官似乎比父亲的更小，那时正是光复的前年，还讲究这些，所以他们乐意做这门亲。事情已到九成九，忽然出了岔子。本家叔祖母用的一个寡妇老妈子熟悉这家子的事，不知怎么教母亲打听着了。叫她来问，她的话遮遮掩掩的。到底问出来了，原来那小姑娘是抱来的，可是她一家很宠她，和亲生的一样。母亲心冷了。过了两年，听说她已生了痨病，吸上鸦片烟了。母亲说，幸亏当时没有定下来。我已懂得一些事了，也这末想着。

这是前面所说的“她一家很宠她”的结果。叙事实现了因果照应。

光复那年，父亲生伤寒病，请了许多医生看。最后请着一位武先生，那便是我后来的岳父。有一天，常去请医生的听差回来说，医生家有位小姐。父亲既然病着，母亲自然更该担心我的事。一听这话，便追问下去。听差原只顺口谈天，也说不出个所以然。母亲便在医生来时，教人问他轿夫，那位小姐是不是他家的。轿夫说是的。母亲便和父亲商量，托舅舅问医生的意思。那天我正在父亲病榻旁，听见他们的对话。舅舅问明了小姐还没有人家，便说，像 × 翁这样人家怎末样？医生说，很好呀。话到此为止，接着便是相亲；还是母亲那个亲信的老妈子去。这回报告不坏，说就是脚大些。事情这样定局，母亲教轿夫回去说，让小姐裹上点儿脚。妻嫁过来后，说相亲的时候早躲开了，看见的是另一个人。至于轿夫捎的信儿，却引起了一段小小风波。岳父对岳母说，早教你给她裹脚，你不信；瞧，人家怎末说来着！岳母说，偏偏不裹，看他家怎末样！可是到底采取了折衷的办法，直到妻嫁过来的时候。

这段人物对话描写，将岳父岳母两个思想性格不统一的人物形象刻画得十分鲜明。

阅读指导

中国封建婚姻制度的核心是夫权、族权（包括父权），所以，青年男女自己没有恋爱自由，而婚姻的目的也只是为了传宗接代、祭祀祖先，婚姻的存在以家族为中心，而不是以个人意愿为准。“父母之命，媒妁之言”是封建婚姻的合法形式，而自由恋爱则被看作是大逆不道、伤风败俗、有辱门庭的丑事，不仅要受到责罚，还得被迫离散。朱自清的《择偶记》，共记叙了他的父母为他四次张罗婚姻的事情，第一次竟是在11岁不到的时候，这只是因为他是长子长孙的缘故。

《择偶记》写得很平凡。在这平和、宁静的诉说中，没有一处是对当时心绪流动的追忆，也没有点点滴滴的感情抒发，仅仅简单地记下了四次择偶的经过。每一次相亲，都只是对事件本身作叙述，作者基本没有加上自己的评论。

朱自清是按四次相亲的先后顺序记叙的，如果不能抓住每次相亲的不同特点，就容易雷同冗长。但读了此文后，给人的感觉恰好相反，每一次择偶似乎都给人留下一些可笑的噱头，让读者想象，朱自清一边在回忆记录这四次择偶经历，一边又在掩口窃笑。第一次不到11岁的孩子，对于媳妇这件事，脑中一片空白，即便生活中有所耳闻，临到自己头上，也定是模糊，茫然不知所以，甚至自己还没有出场就谢幕了。第二次虽然“我”出场了，但是以被母亲打扮妥帖的傀儡出现在相亲者面前，被人家上下打量，刨根问底，看中了。但这次择偶如商品交换似的。第三次是母亲在牌桌上见到的女孩，过两年，她得痨病，吸上了鸦片。母亲庆幸当时没有定下。

第四次成定局，并结成秦晋之好，却是“妻嫁过来后，说相亲的时候早躲开了，看见的是另一个人”。虽然，这桩婚姻由父母一手铺就，但朱自清很幸运，因为他们的婚姻生活还是美满幸福的。所以细细品来，这次择偶的叙述中，隐约地流露出不同于前三次的感情色彩。

谈抽烟

有人说，“抽烟有什么好处？还不如吃点口香糖，甜甜的，倒不错。”不用说，你知道这准是外行。口香糖也许不错，可是喜欢的怕是女人孩子居多，男人很少赏识这种玩意儿的；除非在美国，那儿怕有些个例外。一块口香糖得咀嚼老半天，还是嚼不完，凭你怎么斯文，那朵颐的样子，总遮掩不住，总有点儿不雅相。这其实不像抽烟，倒像衔橄榄。你见过衔着橄榄的人？腮帮子上凸出一块，嘴里不时地滋儿滋儿的。抽烟可用不着这么费劲，烟卷儿尤其省事，随便一叼上，悠然地就吸起来，谁也不来注意你。抽烟说不上是什么味道，勉强说，也许有点儿苦吧。但抽烟的不稀罕那“苦”而稀罕那“有点儿”。他的嘴太闷了，或者太闲了，就要这么点儿来凑个热闹，让他觉得嘴还是他的。嚼一块口香糖可就太多，甜甜的，够多腻味，而且有了糖也许便忘记了“我”。

朵颐，鼓动腮颊嚼东西的样子。

作者能揣摸到所有烟民的共同心理，真实地写出了所有烟民常用的抽烟托词。

抽烟其实是个玩意儿。就说抽卷烟吧，你打开匣子或罐子，抽出烟来，在桌上顿几下，衔上，擦洋火，点上。这其间每一个动作都带股劲儿，像做戏一般。自己也许不觉得，但到没有烟抽的时候，便觉得了。

那时候你必然闲得无聊，特别是两只手，简直没放处。再说那吐出的烟，袅袅地缭绕着，也够你一回两回地捉摸；它可以领你走到顶远的地方去——即便在百忙当中，也可以让你轻松一忽儿。所以老于抽烟的人，一叼上烟，真能悠然遐想。他霎时间是个自由自在的身子，无论他是靠在沙发上的绅士，还是蹲在台阶上的瓦匠。有时候他还能够叼着烟和人说闲话，自然有些含含糊糊的，但是可喜的是那满不在乎的神气。这些大概也算是游戏三昧吧。

对于“满不在乎”的抽烟人抽烟的动作，除“叼”字恐怕别无他字更为准确了。

好些人抽烟，为的有个伴儿。譬如说一个人单身住在北平，和朋友在一块儿，倒是有说有笑的，回家来，空屋子像水一样。这时候他可以摸出一支烟抽起来，借点儿暖气。黄昏来了，屋子里的东西只剩些轮廓，暂时懒得开灯，也可以点上一支烟，看烟头上的火一闪一闪的，像亲密地低语，只有自己听得出。要是生气，也不妨迁怒一下，使劲儿吸他十来口。客来了，若你倦了说不得话，或者找不出可说的，干坐着岂不着急？这时候最好拈起一支烟将嘴堵上等你对面的人。若是他也这么办，便尽时间在烟子里爬过去。各人抓着一个新伴儿，大可以盘桓（huán）一会的。

抽烟可以消除个人的孤寂，可以消除群处无语的尴尬，作者将之比喻为“伴儿”，似乎胜过了活鲜鲜的人。

从前抽水烟旱烟，不过一种不伤大雅的嗜好，现在抽烟却成了派头。抽烟卷儿指头黄了，由它去。用烟嘴不独麻烦，也小气，又跟烟隔得那么老远的。今儿大褂上一个窟窿，明儿坎肩上一个，由它去。

运用排比句，将抽烟人只要有烟抽就什么也不顾的心态展示出来了。

一支烟里的尼古丁可以毒死一个小麻雀，也由它去。总之，蹩蹩扭扭的，其实也还是个“满不在乎”罢了。烟有好有坏，味有浓有淡，能够辨味的是内行，不择烟而抽的是大方之家。

阅读指导

吸烟是当今世界性的问题，根据英国牛津大学流行病学家理·查德·皮托的前瞻性调查显示，到 2025 年中国现有 20 岁以下的青少年中约有 5000 万人将死于吸烟所致的疾病。据有关资料表明，近几年我国的吸烟率有上升趋势。所以，吸烟问题已成为社会以及人们关注的一个热点。

虽然，朱自清这篇《谈抽烟》的文章写于 1933 年，那时候的中国人对于抽烟的认识，以及相关的科学观念更为淡薄，那么，朱自清在这篇文章里列举一系列的抽烟好处，他说“吃口香糖虽不错，但是女人和孩子喜欢，男人很少赏识这玩意儿，而且嚼来嚼去的也不雅相；而抽烟用不着这么费劲，随便一叼，悠然地就吸起来”，还说“点上一支烟，看烟头上的火一闪一闪的，像亲密地低语，只有自己听得出”。

读到这些文字，似乎让读者颇为纳闷，如果说普通平民无知无识，染上抽烟的嗜好，还要为自己找一大堆借口还可以理解的话，可是朱自清是有知有识的学者，难道他是要大力提倡大家抽烟吗？

全文看起来，作者都在说抽烟的好处——抽烟可以让嘴闲着时有那么一点儿淡淡的苦味，让人觉得自己的嘴巴还在，抽烟时一顿一擦一点的动作，很有时尚范，抽烟可以消遣寂寞，可以为人作伴……真是好处一大堆，真就没有看到朱自清在说抽烟有什么不是。

可真是这样的吗？其实，这是作者在运用反讽艺术手法写成的散文。原来，朱自清所说的抽烟的诸多好处，其实是在戏弄吸烟者。就像这篇文章的结尾所说，“烟有好有坏，味有浓有淡，能够辨味的是内行。”这里的话是有话的，“能够辨味的是内行”，什么味?可不是简单的烟味，而是人生的况味，抽烟给人的伤害，特别是最后一段，真是耐人寻味：“今儿大褂上一个窟窿，明儿坎肩上一个，由它去。一支烟里的尼古丁可以毒死一个小麻雀，也由它去。总之，蹩蹩扭扭的，其实也还是个‘满不在乎’罢了。”为了一支烟，什么都罢了，衣衫被烧坏不说，连小命也罢了。连命都不要的人，还有什么人生可言?更何况只是为了一支香烟?抽烟抽到这个份上的人，朱自清称为“大方之家”，实在是在用冷幽默的语言在加以无情地嘲讽——这样的人，与其说是他在抽烟，不如说他已经被烟所征服，做了烟的臣民。

买 书

买书也是我的嗜好，和抽烟一样。但这两件事我其实都不在行，尤其是买书。在北平这地方，像我那样买，像我买的那些书，说出来真寒尘死人；不过本文所要说的既非诀窍，也算不得经验，只是些小小的故事，想来也无妨的。

寒尘，也写作“寒伧”、“寒碜”，穷困不大方。

在家乡中学时候，家里每月给零用一元。大部分都报效了一家广益书局，取回些杂志及新书。那老板姓张，有点儿抽肩膀，老是捧着水烟袋，可是人好，我们不觉得他有市侩气。

他肯给我们这班孩子记账。每到节下，我总欠他一元多钱。他催得并不怎么紧，向家里商量商量，先还个一元也就成了。那时候最爱读的一本《佛学易解》（贾丰臻著，中华书局印行）就是从张手里买的。那时候不买旧书，因为家里有。只有一回，不知哪儿来检《文心雕龙》的名字，急着想看，便去旧书铺访求：有一家拿出一部广州套版的，要一元钱，买不起；后来另买到一部，书品也还好，纸墨差些，却只花了小洋三角。这部书还在，两三年

将一元钱的书与三角钱的书对比描述，让人明白了价钱未必决定书品的道理。

前给换上了磁青纸的皮儿，却显得配不上。

到北平来上学入了哲学系，还是喜欢找佛学书看。那时候佛经流通处在西城卧佛寺街鹫（jiù）峰寺。在街口下了车，一直走，快到城根儿了，才看见那个寺。那是个阴沉沉的秋天下午，街上只有我一个人。到寺里买了《因明入正理论疏》《百法明门论疏》《翻译名义集》等。这股傻劲儿回味起来颇有意思，正像那回从天坛出来，挨着城根，独自个儿，探险似的穿过许多没人走的碱地去访陶然亭一样。在毕业的那年，到琉璃厂华洋书庄去，看见新版韦伯斯特大字典，定价才十四元。可是十四元并不容易找。想来想去，只好硬了心肠将结婚时候父亲给做的一件紫毛（猫皮）水獭领大氅（chǎng）亲手拿着，走到后门一家当铺里去，说当十四元钱。柜上人似乎没有什么留难就答应了。这件大氅是布面子，土式样，领子小而毛杂——原是用了两副“马蹄袖”拼凑起来的。父亲给做这件衣服，可很费了点张罗。拿去当的时候，也踌躇了一下，却终于舍不得那本字典。想着将来准赎出来就是了。想不到竟不能赎出来，这是直到现在翻那本字典时常引为遗憾的。

将父亲做大氅费张罗与自己为买书将它当出去时的心理放在一起写，突出自己实在是太爱书了。

重来北平之后，有一年忽然想搜集一些杜诗。一家小书铺叫文雅堂的给找了不少，都不算贵；那伙计是个麻子，一脸笑，是铺子里少掌柜的。铺子靠他父亲支持，并没有什么好书，去年他父亲死了，他本人不大内行，让伙计吃了，现在长远不来了，他不知怎么样。说起杜诗，有一回，一家书铺送来高丽本《杜律分韵》，两本书，索价三百元。书极不相干而索价如此之高，荒谬之至，况且书面上原购者明明写着“以银二两得之”。第二天另一家送来一样的书，只要二元钱，我立刻买下。北平的书价，离奇有如此者。

旧历正月里厂甸的书摊值得看，有些人天天巡礼去。我住得远，每年只去一个下午——上午摊儿少。土地祠内外人山人海摩肩接踵地来往。也买过些零碎东西，其中有一本是《伦敦竹枝词》，花了三毛钱。买来以后，恰好《论语》要稿子，选抄了些寄去，加上一点说明，居然得着五元稿费。这是仅有的一次，买的书赚了钱。

这段让读者不难看出当时朱自清的心态，一是爱书总有回报，二是爱书并非为了功利。

在伦敦的时候，从寓所出来，走过近旁小街。有一家小书店门口摆着一架旧书。上前去徘徊了一下，看见一本《牛津书话选》，烫花布面，装订不马虎，四百多面，本子也不小，准有七八成新，才一先令六便士，那时合中国一元三毛钱，比东安市场旧洋书还贱些。这选本节录许多名家诗文，说到书的各方面的，性质有点像叶德辉氏《书林清话》，但不像《清话》有系统，他们旨趣原是两样的。因为买这本书，结识了那掌柜的，他以后给我找了不朱自清不接受掌柜的主动为他打折，是因为人情，还是因为书情？这就是优秀句子的魅力。

少便宜的旧书。有一种书，他找不到旧的，便和我说，他们批购新书按七五扣，他愿意少赚一扣，按九扣卖给我。我没有要他这么办，但是很感谢他的好意。

阅读指导

朱自清先生不但诗文名世，其学术研究也有着很深的造诣。这种深厚的知识与文化的积淀，自然得益于他大量而广泛的阅读，与他对书籍的热爱有着直接的关系。

朱自清的散文，大都是以琐碎生活为材料，如《背影》《谈抽烟》《乞丐》，以及他写“春晖”的那些作品，似乎与书籍关系不大。但是，不可想象，一个不曾在优秀的书籍里吸收过营养的人，怎能够思想敏锐，情感纯粹？当我们在阅读他的作品，为他的思想情感及艺术风格唏嘘感叹时，便能从这篇《买书》的作品中，找到他的作品之所以成为经典的缘由。

有人说，最忠实的读者不一定是作家，但最伟大的作家一定是最忠实的读者。多读朱自清的文章就会明白，他之所以成为优秀的散文作家，除了对生活的热爱与关注外，这与他从小热爱阅读是有直接关系的。

阅读需要书，书多半情况下只有通过买才能获取。这篇文章即是讲述朱自清在年轻时奇妙而感人的买书经历——赊账，拣便宜的买，掌柜的主动打折……如若不是一个嗜书人，哪敢将代表父爱的大氅也拿去当了买书去？文中的一个个关于买书的故事，写得有些诙谐幽默，但从中透露出作者的阅读精神与习惯，是当今青年人普遍缺乏的。

初到清华记

从前在北平读书的时候，老在城圈儿里呆着。四年中虽也游过三五回西山，却从没来过清华。说起清华，只觉得很远很远而已。那时也不认识清华人，有一回北大和清华学生在青年会举行英语辩论，我也去听。清华的英语确是流利得多，他们胜了。那回的题目和内容，已忘记干净；只记得复辩时，清华那位领袖很神气，引着孔子的什么话。北大答辩时，开头就用了 furiously 一个字叙述这位领袖的态度。这个字也许太过，但也道着一点儿。那天清华学生是坐大汽车进城的，车便停在青年会前头，那时大汽车还很少。那是冬末春初，天很冷。一位清华学生在屋里只穿单大褂，将出门却套上厚厚的皮大氅。这种“行”和“衣”的路数，在当时却透着一股标劲儿。

采用清华学生坐很少见的大汽车进城的“面”上描写，与一位学生单大褂配大氅的“点”上描写相结合，突出了清华学生的“标劲儿”。

初来清华，在十四年夏天。刚从南方来北平，住在朝阳门边一个朋友家。那时教务长是张仲述先生，我们没见面。我写信给他，约定第三天上午去看他。写信时也和那位朋友商量过，十点赶得到清华么，从朝阳门哪儿？他那时已经来过一次，但似乎只记得“长林碧草”，——他写到南方给我的信这么说——说不出路上究竟要多少时候。他劝我八点动身，雇洋车直到西直门换车，免得老等电车，又换来换去的，耽误事。那时西直门到清华只有洋车直达，后来知道也可以搭香山汽车到海甸再乘洋车，但那是后来的事了。

第三天到了，不知是起得晚了些还是别的，跨出朋友家，已经九点挂零。心里不免有点儿急，车夫走得也特别慢似的。到西直门换了车。据车夫说本有条小路，雨后积水，不通了，那只得由正道了。刚出城一段儿还认识，因为也是去万生园的路，以后就茫然。到黄庄的时候，瞧着些屋子，以为一定是海甸了，心里想清华也就快到了吧，自己安慰着。快到真的海甸时，问车夫：“到了吧？”“没哪。这是海——甸。”这一下更茫然了。海甸这么难到，清华要何年何月呢？而车夫说饿了，非得买点儿吃的。吃吧，反正豁出去了。这一吃又是十来分钟。说还有三里多路呢。那时没有燕京大学，路上没什么看的，只有远处淡淡的西山——那天没有太阳——略略可解闷儿。好容易过了红桥、喇嘛庙，渐渐看见两行高柳，像穹门一般。十刹海的垂杨虽好，但没有这么多这么深，那时路上只有我一辆车，大有长驱直入的神气。柳树前一面牌子，写着“入

一“急”一“慢”，描写出了因为感觉到要迟到而产生的心理错觉。

用“长驱直入”形容车少，用词生动。

校车马缓行”；这才真到了，心里想，可是大门还够远的，不用说西院门又骗了我一次，又是六七分钟，才真真到了。坐在张先生客厅里一看钟，十二点还欠十五分。

张先生住在乙所，得走过那“长林碧草”，那浓绿真可醉人。张先生客厅里挂着一副有正书局印的邓完白隶书长联。我有一个会写字的同学，他喜欢邓完白，他也有这一副对联，所以我这时如见故人一般。张先生出来了。他比我高得多，脸也比我长得多。一眼看出是个顶能干的人。我向他道歉来得太晚，他也向我道歉，说刚好有个约会，不能留我吃饭。谈了不大工夫，十二点过了，我告辞。到门口，原车还在，坐着回北平吃饭去。过了一两天，我就搬行李来了。这回却坐了火车，是从环城铁路朝阳门站上车的。

在一个新的环境，一切都是新的，之所以选长联来写，因其曾经熟悉，长联便又拉近了第一次与张先生见面的心理距离。

以后城内城外来往得多了，得着一个诀窍：就是在西直门一上洋车，且别想“到”清华，不想着不想着也就到了。——香山汽车也搭过一两次，可真够瞧的。两条腿有时候简直无放处，恨不得不是自己的。有一回，在海甸下了汽车，在现在“西园”后面那个小饭馆里，拣了临街一张四方桌，坐在长凳上，要一碟苜蓿肉，两张家常饼，二两白玫瑰，吃着喝着，也怪有意思；而且还在那桌上写了《我的南方》一首歪诗。那时海甸到清华一路常有穷女

前一句倒很寻常，用语的出奇在于后一句。不是自己的就不用管挤得慌了。

这是观察与体验生活所得。否则抓不住在学府门前讨钱人的特点。

人或孩子跟着车要钱。他们除“您修好”等等常用语句外，有时会说“您将来做校长”，这是别处听不见的。

阅读指导

1925年8月，朱自清在好友俞平伯的推荐下到清华大学任教授，这是他服务于清华的开始，也是学习、研究中国古典文学的开始。朱自清住清华园古月堂，他一边教学，一边创作，创作以散文为主。1927年在清华园写成的《背影》《荷塘月色》，都是脍炙人口的名篇。1931年留学英国，漫游欧洲，回国后写成《欧游杂记》。1932年9月任清华大学中文系主任。1937年抗日战争爆发，随校南迁至昆明，任西南联大教授，讲授《宋诗》《文辞研究》等课程。1946年由昆明返回北京，仍任清华大学中文系主任。他刚到清华时是什么情景呢？

这篇《初到清华》的散文，重点写了朱自清到清华任教之前，第一次去见教务长张仲述先生的经历。全文语调一如聊天，似乎读者就坐在他身前，他笑呵呵地讲述着这次本不应该平常，但实际上很平常的去清华的行路故事。他坐着洋车，一路颠簸，一路折腾，最后总算到了，怀着忐忑的心去见这个未来的直接上司，直说抱歉的话，没想到，这位上司也给他来个抱歉，大约只草草地接见了他，便以“有个约会，不能留我吃饭”的原因下了逐客令，这也算是两平了。写得似乎有些轻描淡写，但却令人感到津津有味，这就是大师手笔。

此后，在学生们的眼中，论学问，朱自清似乎没法与著名的“四大导师”相提并论；论口才，也比不上有“演说家”之称的梁启超与闻一多。但说到朱自清对中国新文学运动和清华中文学科的发展所做出的贡献，那是怎么评价也不过分的。

朱自清是第一个在中国的大学讲堂开设新文学课程的人。了解中国新文学运动发展史的人都知道，这一举措在当时是颇需要一点胆识和勇气的。作为清华中文系的系主任，朱自清第一次提出了“中西融会、古今贯通”的中文学科教育模式，并将这一理念成功地付诸实施。清华大学中文学科在20世纪三四十年代人才辈出，在很大程度上得益于朱自清的这一办学理念。

我是扬州人

有些国语教科书里选得有我的文章，注解里或说我是浙江绍兴人，或说我是江苏江都人——就是扬州人。有人疑心江苏江都人是错了，特地老远的写信托人来问我。我说两个籍贯都不算错，但是若打官话，我得算浙江绍兴人。浙江绍兴是我的祖籍或原籍，我从进小学就填的这个籍贯；直到现在，在学校里服务快三十年了，还是报的这个籍贯。不过绍兴我只去过两回，每回只住了一天，而我家里除先母外，没一个人会说绍兴话。

既然“我得算是浙江绍兴人”，为什么标题又是“我是扬州人”呢？有了悬念，便更想往下阅读。

我家是从先祖才到江苏东海做小官。东海就是海州，现在是陇海路的终点。我就生在海州。四岁的时候先父又到邵伯镇做小官，将我们接到那里。海州的情形我全不记得了，只对海州话还有亲热感，因为父亲的扬州话里夹着不少海州口音。在邵伯住了差不多两年，是住在万寿宫里。万寿宫的院子很大，很静，门口就是运河。河坎很高，我常向河里扔瓦片玩儿。邵伯有个铁牛湾，那儿有一条铁牛镇压着。父亲的当差常抱我去看它，骑它，抚摩它。

镇里的情形我也差不多忘记了。只记住在镇里一家人家的私塾里读过书，在那里认识了一个好朋友叫江家振。我常到他家玩儿，傍晚和他坐在他家荒园里一根横倒的枯树干上说着话，依依不舍，不想回家。这是我第一个好朋友，可惜他未成年就死了；记得他瘦得很，也许是肺病罢？

这是一段高度概括的文字。虽然只是一百来字的回忆，但写出了被回忆者的姓名，与之坐树枝说话的情景，“不想回家”的心情，以及他的死。

六岁那一年父亲将全家搬到扬州。后来又迎养先祖父和先祖母。父亲曾到江西做过几年官，我和二弟也曾去过江西一年，但是老家一直在扬州住着。我在扬州读初等小学，没毕业；读高等小学，毕了业；读中学，也毕了业。我的英文得力于高等小学里一位黄先生，他已经过世了。还有陈春台先生，他现在是北平著名的数学教师。这两位先生讲解英文真清楚，启发了我学习的兴趣；只恨我始终没有将英文学好，愧对这两位老师。还有一位戴子秋先生，也早过世了，我的国文是跟他老人家学着做通了的，那是辛亥革命之后在他家夜塾里的时候。中学毕业，我是十八岁，那年就考进了北京大学预科，从此就不常在扬州了。

就在十八岁那年冬天，父亲母亲给我在扬州完了婚。内人武钟谦女士是杭州籍，其实也是在扬州长成的。她从不曾去过杭州，后来同我去是第一次。她后来因为肺病死在扬州，我曾为她写过一篇《给亡妇》。我和她结婚的时候，祖父已死了好几年了，结婚后一年祖母也死了。他们两老都葬在扬州，我家于是有祖茔（yíng）在扬州了。后来亡妇也葬在这祖茔里。母亲在抗战前两年过去，父亲在胜利前四个月过去，遗憾的是我都不在扬州，他们也葬在那祖茔里。这中间叫我痛心的是死了第二个女儿！她性情好，爱读书，做事负责任，待朋友最好。已经成人了，不知什么病，一天半就完了！她也葬在祖茔里。我有九个孩子，除第二个女儿外，还有一个男孩不到一岁就死在扬州，其余亡妻生的四个孩子都曾在扬州老家住过多少年。这个老家直到今年夏初才解散了，但是还留着一位老年的庶母在那里。

说到了对女儿的“心疼”，接着就从性情、好学、责任感、友好等方面说明其理由。

庶母，指后妈。

我家跟扬州的关系，大概够得上古人说的“生于斯，死于斯，歌哭于斯”了。现在亡妻生的四个孩子都已自称为扬州人了，我比起他们更算是在扬州长成的，天然更该算是扬州人了。但是从前一直马马虎虎地骑在墙上，并且自称浙江人的时候还多些，又为了什么呢？这一半因为报的是浙江籍，求其一致，一半也还有些别的道理。这些道理第一桩就是籍贯是无所谓的，那时要做一个世界人，连国籍都觉得狭小，不用说省籍和县籍了。那时在大学里觉得同乡会最没有意思。我同住的和我来往的自然差不多都是扬州人，自己却因为浙江籍，不去参加江苏或扬州同乡会。可是虽然是浙江绍兴籍，却又没跟一个道地浙江人来往，因此也就没人拉我去开浙江同乡会，更不用说绍兴同

用上面一大堆事例，来解释这句话。

乡会了。这也许是两栖或骑墙的好处罢？然而出了学校以后到底常常会到道地绍兴人了。我既然不会说绍兴话，并且除了花雕和兰亭外几乎不知道绍兴的别的情形，于是乎往往只好自己承认是假绍兴人。那虽然一半是玩笑，可也有点儿窘的。

用“骑墙”比喻立场不明确。

还有一桩道理就是我有些讨厌扬州人，我讨厌扬州人的小气和虚气。小是眼光如豆，虚是虚张声势，小气无须举例，虚气例如已故的扬州某中央委员，坐包车在街上走，除拉车的外，又跟上四个人在车子边推着跑着。我曾经写过一篇短文，指出扬州人这些毛病。后来要将这篇文收入散文集《你我》里，商务印书馆不肯，怕再闹出“闲话扬州”的案子。这当然也因为他们总以为我是浙江人，而浙江人骂扬州人是会得罪扬州人的。但是我也并不抹煞扬州的好处，曾经写过一篇《扬州的夏日》，还有在《看花》里也提起扬州福缘庵的桃花。再说现在年纪大些了，觉得小气和虚气都可以算是地方气，绝不止是扬州人如此。从前自己常答应人说自己是绍兴人，一半又因为绍兴人有些戆（gàng）气，而扬州人似乎太聪明。其实扬州人也未尝没戆气，我的朋友任中敏（二北）先生，办了这么多年汉民中学，不管人家理会不理会，难道还不够“戆”的！绍兴人固然有戆气，但是也许还有别的气我讨厌的，不过我不深知罢了。这也许是阿Q的想法罢？然而我对于扬州的确渐渐亲热起来了。

写文章需要一分为二的辨证思维。朱自清就是写了扬州人的“小气和虚气”，再写扬州的“好处”，实事求是。

引用了人们熟知的鲁迅笔下的“阿Q”人物形象，可以让读者更具体地想象当时作者的心理。

扬州真像有些人说的，不折不扣是个有名的地方。不用远说，李斗《扬州画舫录》里的扬州就够羡慕的。可是现在衰落了，经济上是一日千丈地衰落了，只看那些没精打采的盐商家就知道。扬州人在上海被称为江北老，这名字总而言之表示低等的人。江北老在上海是受欺负的，他们于是学些不三不四的上海话来冒充上海人。到了这地步他们可竟会忘其所以地欺负起那些新来的江北老了。这就养成了扬州人的自卑心理。抗战以来许多扬州人来到西南，大半都自称为上海人，就靠着那一点不三不四的上海话；甚至连这一点都没有，也还自称为上海人。其实扬州人在本地也有他们的骄傲的。他们称徐州以北的人为侉（kuǎ）子，那些人说的是侉话。他们笑镇江人说话土气，南京人说话大舌头，尽管这两个地方都在江南。英语他们称为蛮话，说这种话的当然是蛮子了。然而这些话只好关着门在家里说，到上海一看，立刻就会矮上半截，缩起舌头不敢啧一声了。扬州真是衰落得可以啊！

侉话是指苏北乡下方言。

“可以”是反语，用以说明扬州衰落得厉害。其中蕴含着作者为扬州可惜的感情。

我也是一个江北老，一大堆扬州口音就是招牌，但是我却不愿做上海人，上海人太狡猾了。况且上海对我太生疏，生疏的程度跟绍兴对我也差不多；因为我知道上海虽然也许比知道绍兴多些，但是绍兴究竟是我的祖籍，上海是和我水米无干的。然而年纪大起来了，世界人到底做不成，我要一个故乡。

转折，扬州有那么多不好，但我仍当其是故乡。

俞平伯先生有一行诗，说“把故乡掉了”。其实他掉了故乡又找到了一个故乡，他诗文里提到苏州那一股亲热，是可羡慕的，苏州就算是他的故乡了。

他在苏州度过他的童年，所以提起来一点一滴都亲亲热热的，童年的记忆最单纯最真切，影响最深最久；种种悲欢离合，回想起来最有意思。“青灯有味是儿时”，其实不止青灯，儿时的一切都是有味的。这样看，在哪儿度过童年，就算哪儿是故乡，大概差不多罢？这样看，就只有扬州可以算是我的故乡了。何况我的家又是“生于斯，死于斯，歌哭于斯”呢？

用他人诗句，引出自己不能不把扬州当家乡的感情。

所以扬州好也罢，歹也罢，我总该算是扬州人的。

阅读指导

朱自清在大约六七岁时随父迁居扬州，在扬州上过小学、中学，大学毕业后又曾在扬州江苏省立八中（扬州中学前身）执教，13年后离开扬州，所以，在他的生命中，扬州的地位是极其重要的，他曾写过好几篇有关扬州的散文，但他对于“生于斯，死于斯，歌哭于斯”的扬州却决没有粉饰溢美之词，写的全是大实话，甚至不乏对扬州人的尖锐批评。

朱自清是如何贬低家乡人呢？有人曾说过他“忘本”、“不恭”，也有人说他的本意是为了拯救家乡人被扭曲的人性，使之能够保持独立的个性和进取的精神，还有人说他具有实事求是的文风，不会因为什么“家乡情结”或者与作者有什么渊源而抛却固有的写作立场。那么，亲爱的读者，你读过这篇文章后会怎么认为呢？

从文章中，作者将扬州视为故乡有两点理由，一是扬州为祖茔所在，二是扬州为儿时成长的地方。作者对童年在邵伯镇和扬州城的回忆，像写意画似的寥寥几笔，貌似平淡，但感情的潜流却在字里行间奔实，攫住了人们的心田。童年，是蕴藏在每个人心底的一段柔情，遇到文字的媒介，便在作者和读者的心中泛滥开了。

回来杂记

回到北平来，回到原来服务的学校里，好些老工友见了面用道地的北平话道：“您回来啦！”是的，回来啦。去年刚一胜利，不用说是想回来的。可是这一年来的情形使我回来的心淡了，想象中的北平，物价像潮水一般涨，整个的北平也像在潮水里晃荡着。然而我终于回来了。飞机过北平城上时，那棋盘似的房屋，那点缀着的绿树，那紫禁城，那一片黄琉璃瓦，在晚秋的夕阳里，真美。在飞机上看北平市，我还是第一次。这一看使我联带地想起北平的多少老好处，我忘怀一切，重新爱起北平来了。

一句家常式的问候，朋友邻人之间的友情便流露出来了。

用夕阳来衬托北平的房屋、绿树、紫禁城等，显得更为美丽。

在西南接到北平朋友的信，说生活虽艰难，还不至如传说之甚，说北平的街上还跟从前差不多的样子。是的，北平就是粮食贵得凶，别的还差不离儿。因为只有粮食贵得凶，所以从上海来的人，简直松了一大口气，只说“便宜呀！便宜呀！”我们从重庆来的，却没有这样胃口。再说虽然只有粮食贵得凶，然而粮食是人人要吃日日要吃的。这是一个浓重的阴影，罩着北平的将来。但是现在谁都有点儿且顾眼前，将来，

用“凶”代替“厉害”，更传神。

管得它呢！粮食以外，日常生活的必需品，大致看来不算少，不是必需而带点儿古色古香的那就更多。旧家具，小玩意儿，在小市里，地摊上，有得挑选的，价钱合适，有时候并且很贱。这是北平老味道，就是不大有耐心去逛小市和地摊的我，也深深在领略着。从这方面看，北平算得是“有”的都市，西南几个大城比起来真寒尘相了。再去故宫一看，吓，可了不得！虽然曾游过多少次。可是从西南回来这是第一次。东西真多，小市和地摊儿自然不在话下。逛故宫简直使人不想买东西，买来买去，买多买少，算得什么玩意儿！北平真“有”，真“有”它的！

“北平真‘有’它的！”这话一语双关，一是说小市地摊上的物品真有，更在于说，北平比朱自清先前去过的成都、重庆要热闹。

北平不但在这方面和从前一样“有”，并且在整个生活上也差不多和从前一样闲。本来有电车，又加上了公共汽车，然而大家还是悠悠儿的。电车有时来得很慢，要等得很久。从前似乎不至如此，也许是线路加多，车辆并没有比例的加多吧？公共汽车也是来得慢，也要等得久。好在大家有的是闲工夫，慢点儿无妨，多等点时候也无妨。可是刚从重庆来的却有些不耐烦。别瞧现在重庆的公共汽车不漂亮，可是快，上车、卖票、下车都快。也许是无事忙，可是快是真的。就是在排班等着罢，眼看着一辆辆来车片刻间上满了客开了走，也觉痛快，比望眼欲穿地看不到来车的影子总好受些。重庆的公共汽车有时也挤，可是从来没有像我那回坐宣武门到前门的公共汽车那样，一

在与重庆的对比中，突出北平的地域文化特点——重庆的快反衬着北平的慢。

面挤得不堪，一面卖票人还在中途站从容地给争着上车的客人排难解纷。这真闲得可以。

现在北平几家大型报都有几种副刊，中型报也有在拉人办副刊的。副刊的水准很高，学术气非常重。各报又都特别注重学校消息，往往专辟一栏登载。前一种现象别处似乎没有，后一种现象别处虽然有，却不像这儿的认真——几乎有闻必录。北平早就被称为“大学城”和“文化城”，这原是旧调重弹，不过似乎弹得更响了。学校消息多，也许还可以认为有点生意经；也许北平学生多，这么着报可以多销些？副刊多却决不是生意经，因为有些副刊的有些论文似乎只有一些大学教授和研究院学生能懂。这种论文原应该出现在专门杂志上，但目前出不起专门杂志，只好暂时委屈在日报的余幅上：这在编副刊的人是有理由的。在报馆方面，反正可以登载的材料不多，北平的广告又未必太多，多来它几个副刊，一面配合着这古城里看重读书人的传统，一面也可以镇静镇静这多少有点儿晃荡的北平市，自然也不错。

轻松的比喻。

报刊副刊的变化更能体现北平这座文化中心城在战后的变化。

学校消息多，似乎也有点儿配合着看重读书人的传统的意思。研究学术本来要悠闲，这古城里向来看重的读书人正是那悠闲的读书人。我也爱北平的学术空气。自己也只是一个悠闲的读书人，并且最近也主编了一个带学术性的副刊，不过还是觉得这么多的这么学术的副刊确是北平特有的闲味儿。

然而北平究竟有些和从前不一样了。说它“有”罢，“有”贵重的古董玩器，据说现在主顾太少了。从前买古董玩器送礼，可以巴结个一官半职的。现在据说懂得爱古董玩器的就太少了。礼还是得送，可是上了句古话，什么人爱钞，什么人都爱钞了。这一来倒是简单明了，不过不是老味道了。古董玩器的冷落还不足奇，更使我注意的是中山公园和北海等名胜的地方，也萧条起来了。我刚回来的时候，天气还不冷，有一天带着孩子们去逛北海。大礼拜的，漪澜堂的茶座上却只寥寥的几个人。听隔家茶座的伙计在向一位客人说没有点心卖，他说因为客人少，不敢预备。这些原是中等经济的人物常到的地方；他们少来，大概是手头不宽心头也不宽了吧。

这与前面粮价涨得凶一类的现象相呼应，从物质生活方面说明北京战后的变化。

中等经济的人家确乎是紧起来了。一位老住北平的朋友的太太，原来是大家小姐，不会做家里粗事，只会做做诗，画画画。这回见了面，瞧着她可真忙。她告诉我，佣人减少了，许多事只得自己干，她笑着说现在操练出来了。她帮忙我捆书，既麻利，也还结实，想不到她真操练出来了。这固然也是好事，可是北平到底不和从前一样了，穷得没办法的人似乎也更多了。我太太有一晚九点来钟带着两个孩子走进宣武门里一个小胡同，刚进口不远，就听见一声：“站住！”向前一看，十步外站着一个人，正在从黑色的上装里掏什么，说时迟，那时快，顺着灯光一瞥，掏出来的乃是一把明晃晃的尖刀！我太太大声怪叫，赶紧转身向胡同口跑，孩子们也跟着怪叫，跟着跑。绊了石头，母子三个都摔倒；起来回头一看，那人也转了身向胡同里跑。这个人穿得似乎还不寒尘，白白的脸，年轻轻的。想来是刚走这个道儿，要不然，他该在胡同中间等着，等来人近身再喊“站住！”这也许真是到了无可奈何才来走险的。近来报上常见路劫的记载，想来这种新手该不少罢。从前自然也有路劫，可没有听说这么多，北平是不一样了。

这是一句总结性的概括语句。“不一样”三字有强调作者的感慨作用。

电车和公共汽车虽然不算快，三轮车却的确比洋车快得多。这两种车子的竞争是机械和人力的竞争，洋车显然落后。洋车夫只好更贱卖自己的劳力。有一回雇三轮儿，出价四百元，三轮儿定要五百元。一个洋车夫赶上来说：“我去，我去。”上了车他向我说要不是三轮儿，这么远这个价他是不干的。还有在雇三轮儿的时候常有洋车夫赶上来，若是不理他，他会说：“不是一样吗？”可是，就不一样！三轮车以外，自行车也大大地增加了。骑自行车可以省下一大笔交通费。出钱的人少，出力的人就多了。省下的交通费可以帮补帮补肚子，虽然是小补，到底是小补啊。可是现在北平街上可不是闹着玩儿的，骑车不但得出力，有时候还得拚命。按说北平的街道够宽的，可是近来常出事儿。我刚回来的一礼拜，就死伤了五六个人。其中王振华律师就是在自行车上被撞死的。这种交通幽默而犀利的讽刺批评，体现出朱自清有着对弱势群体的关爱之情和正义感。

的混乱情形，美国军车自然该负最大的责任。但是据报载，交通警察也很怕咱们自己的军车。警察却不怕自行车，更不怕洋车和三轮儿。他们对洋车和三轮儿倒是一视同仁，一个不顺眼就拳脚一齐来。曾在宣武门里一个胡同口看见一辆三轮儿横在口儿上和人讲价，一个警察走来，不问三七二十一，抓住三轮车夫一顿拳打脚踢。拳打脚踢倒从来如此，他却骂得怪，他骂道："×你有民主思想的妈妈！"那车夫挨着拳脚不说话，也是从来如此。可是他也怪，到底是三轮车夫罢，在警察去后，却向着背影责问道："你有权利打人吗？"这儿看出了时代的影子，北平是有点儿晃荡了。

别提这些了，我是贪吃得了胃病的人，还是来点儿吃的。在西南大家常谈到北平的吃食，这呀那的，一大堆。我心里却还惦记一样不登大雅的东西，就是马蹄儿烧饼夹果子，那是一清早在胡同里提着筐子叫卖的。这回回来却还没有吃到，打听住家人，也说少听见了。

两个"然而"，之后，强调北平战后确实有太多的"不一样了"，也强调作者实在太惦记马蹄儿烧饼的美味了。

这马蹄儿烧饼用硬面做，用吊炉烤，薄薄的，却有点儿韧，夹果子（就是脆而细的油条）最是相得益彰，也脆，也有咬嚼，比起有心子的芝麻酱烧饼有意思得多。可是现在劈柴贵了，吊炉少了，做马蹄儿并不能多卖钱，谁乐意再做下去！于是大家一律用芝麻酱烧饼来夹果子了。芝麻酱烧饼厚，倒更管饱些。然而，然而不一样了。

阅读指导

《回来杂记》写于1946年。那是抗战胜利后，朱自清携妻领子从大后方重庆回到了久别的北平。这座古老的都城，绿树依然掩映着红墙，紫禁城依然金碧辉煌。然而，经历了战乱之后，却让作者生出了“物是人非”的悲凉——京城虽古风依旧，但岁月的潮水已将其荡得褪了颜色，旧貌难原了。作者透过京城风俗时尚的实录，述说了北平已在“潮水中晃荡”的感受，表现出经历战争之后的古城百姓的生活。

《回来杂记》读起来真如文题，显得很“杂”，但并不乱，作者在组织材料时随性而为，写得自由而随意。久别京城，乍一回来，这座古城经过战争之后，会有些什么变化呢？所以，作者哪儿都想瞧瞧逛逛：上街、购物、坐车、办报、吃的、玩的，全都抖搂出来；人嘛，也是五行八作，摆地摊儿的、玩古董古玩的、读书写字的教授、大宅门里的小姐太太、走黑道的、穿官衣的、拉洋车的、蹬三轮的、走街串巷叫卖的，整个一个“杂”。但细细品味，才领略到文章内在的风骨是“杂”而不乱，枝叶虽繁，但纹理清晰，不庞不蔓。生活景观的纪实性描述，紧紧扣住了“有”“闲”“穷”“乱”四字，把“晃荡”的北平不变与变的都市景观准确地呈现出来。

这篇杂记有两大可贵之处，一是朱自清真实地记录了北平在抗战胜利后那个时候的现状，文章的内容丰富，像是在放纪录片，引着读者从大街小巷到的米市，再到故宫，到车站，到书刊摊，到小吃摊……人们都在按既有的方法在生活着，所以作者归结为北京“有”，真“有得可以”。其二是作者对民俗的关照。作者的笔下之物皆取自京城古都那些极具特性的物事。如商界的“小市儿”“地摊儿”，古色古香的旧家具、小玩意任你挑任你选，价钱特便宜，甚至连故宫，这座昔日的帝王之家也成了交易的市场。还有洋车夫与三轮车夫争抢生意的场面，沿街叫卖的吆喝声，形成了北平这座古老的消费城市特有的社会环境和生活方式，皇城下的市井色彩极为浓厚。

我所见的清华精神

这半年来同事们和同学们常常谈到“清华精神”。自己虽然不是清华人，但是在校服务多年，对这个问题也感到很大的兴趣。有一回和一位同学谈话，曾经假定清华精神是“服务”。后来和钱伟长先生谈起，他似乎觉得清华精神是“独立的、批评的”，例如清华人到一个机关服务，往往喜欢表示自己的意见，不甘心苟同。我承认钱先生的看法，连带着他的例子，是有理由的。但是关于“服务”，我还请申说一下。

开篇提出文章要论述的中心问题。不弯不绕，直截了当。

一面肯定钱先生的看法，一面表明自己还有新的看法。

提到“服务”，很容易想到青年会。青年会的服务精神有它的好处和缺点，这里不想讨论。我所假定的清华的服务精神，跟青年会的不同。为清楚起见，我现在想改为“实干”。

提出看法。

清华毕业生不论旧制新制，在社会的各部门里做中级干部的最多。顾樵先生十多年前说过这样的话，现在看来大体似乎还是如此。顾先生说这些中级干部是平实的工作者，他们的贡献虽然是点滴的，然而总起来看也够重大的。钱先生的看法是指出他们的不重世故。这正是为了重事，要实干，要认真地干。青年人讨厌世故，重实干，虽然程度不同，原是一般的趋向。不过清华跟都市隔得远些，旧制生出洋五年，更跟中国隔得远些，加上清华学生入学时一般年岁也许小些，因此这种现象就特别显著。有些人谈清华精神，强调在学时期的爱清洁守秩序等。乍看这些似乎是小事，可是实在是跟毕业后服务时期的按部就班的实干精神密切地联系着的。

用修树维护林子来比喻实干就是要从小事干起的观点。

有人也许觉得这种实干的精神固然很好，不过太强调了这种精神，有时会使人只见树而不见林。然而这是春秋责备贤者的话，能够一棵树一棵树的修整着，究竟是对林子有帮助的。

阅读指导

朱自清1917年考入北大哲学系。他刻苦攻读，3年内修完学分，1920年5月提前毕业，获文学士学位。毕业后历任江浙一带几所学校的国文教员。1925年秋到清华学校大学部任教授。1932年9月起，长期担任中文系主任，直至1948年8月逝世。

在北大读书期间，朱自清受到“五四”精神的影响，开始文学创作，参加《新潮》学社。他性格平和中正，从来不用猛烈刺激的言词，近乎少年老成，“他一生的学问事业也奠基在这种性格”，最终形成了朱自清脚踏实地、务实求真的实干作风。

进入清华后，朱自清在亲身体验和用心剖析中，认为清华精神的本色就是实干，这与清华“行胜于言”的校风完全一致。他在清华执教的20多年中，数十年如一日、殚精竭虑地践行着自己心中的清华精神。他不断拓展自己的研究领域，自汉字、汉语语法、经史子集、诗文、小说、歌谣以及外国历史文学，无不涉猎研究，“注意新旧文学与中外文学的融合”，并把研究的最新成果应用到教学上。他先后讲授的课程有《国文》《中国新文学研究》《新文艺思潮》《中国文学批评》《古今诗选》等。

清华大学的校训是出自《周易》的“自强不息、厚德载物”。没有实干精神，就谈不上自强不息，没有实干精神就谈不上争创一流，没有实干精神就谈不上创新。所以，朱自清用“实干”来概括清华的精神，确实十分准确恰当，没有“实干精神”，谈得再怎么天花乱坠，也都是空中楼阁、海市蜃楼。

这是一篇典型的议论文。“我所见的清华精神”是一个论题式的标题，即概括地告诉读者这篇文章将要议论的问题。朱自清没有先入为主地抛出自己的观点，而是先摆出他人的观点——一个同学认为清华的精神是“服务”，而钱伟长则认为是“独立的、批评的”，然后，提出自己与二者既有相近之处，却又有所不同的观点——实干。观点提出后，需要论证。朱自清的论证没有去旁征博引，而是将自己的“实干”观与钱伟长的“不重世故”观结合起来，又将其他同学的“服务”观结合起来，突出了自己的“实干”观能够把众人观点中的共同点提炼出来，所以能作为清华的“精神”。这样的论证就很有说服力。文章的最后，提出有人说清华精神应体现在“爱清洁守秩序”上，朱自清对此是给予肯定的，但同时强调“爱清洁守秩序”就是实干精神的具体表现。

说　话

谁能不说话，除了哑子？有人这个时候说，那个时候不说。有人这个地方说，那个地方不说。有人跟这些人说，不跟那些人说。有人多说，有人少说。有人爱说，有人不爱说。哑子虽然不说，却也有那伊伊呀呀的声音，指指点点的手势。

文章开头五句排比。

手语也可以看成是人类说话的一种方式。

说话并不是一件容易事。天天说话，不见得就会说话；许多人说了一辈子话，没有说好过几句话。所谓“辩士的舌锋”、“三寸不烂之舌”等赞词，正是物稀为贵的证据；文人们讲究“吐属”，也是同样的道理。我们并不想做辩士、说客、文人，但是人生不外言动，除了动就只有言，所谓人情世故，一半儿是在说话里。古文《尚书》里说“唯口，出好兴戎”，一句话的影响有时是你料不到的，历史和小说上有的是例子。

意思是说，善于说话的人说出话来，可以引出好事来；不善于说话的人会兴起干戈发生战争。

说话即使不比作文难，也决不比作文容易。有些人会说话不会作文，但也有些人会作文不会说话。说话像行云流水，不能够一个字一个字推敲，因而不免有疏漏散漫的地方，不如作文的谨严。但那些行云流水般的自然，却决非一般文章所及。——文

在朱自清的写

作观中，要使文章成为最佳作品，当与行云流水般的说话看齐。

章有能到这样境界的，简直当以说话论，不再是文章了。但是这是怎样一个不易到的境界！我们的文章，哲学里虽有“用笔如舌”一个标准，古今有几个人真能“用笔如舌”呢？不过文章不甚自然，还可成为功力一派，说话是不行的；说话若也有功力派，你想，那怕真够瞧的！

所谓功力派，即可以在写作之前，多用些工夫去读一些相关的文章，可以多用一些时间去思维整理。但说话往往是即兴的，所以说，说好话比写好文章更难。

说话到底有多少种，我说不上。约略分别：向大家演说，讲解，乃至说书等是一种，会议是一种，公私谈判是一种，法庭受审是一种，向新闻记者谈话是一种；——这些可称为正式的。朋友们的闲谈也是一种，可称为非正式的。正式的并不一定全要拉长了面孔，但是拉长了的时候多。这种话都是成片断的，有时竟是先期预备好的。只有闲谈，可以上下古今，来一个杂拌儿；说是杂拌儿，自然零零碎碎，成片段的是例外。闲谈说不上预备，满是将话搭话，随机应变。说预备好了再去“闲”谈，那岂不是个大笑话？这种种说话，大约都有一些公式，就是闲谈也有——“天气”常是闲谈的发端，就是一例。但是公式是死的，不够用的，神而明之还在乎人。会说的教你眉飞色舞，不会说的教你昏头搭脑，即使是同一个意思，甚至同一句话。

这三部经典，包括下文的《红楼梦》虽说是书面用语，但其美妙已经

中国人很早就讲究说话。《左传》《国策》《世说》是我们的三部说话的经典。一是外交辞令，一是纵横家言，一是清谈。你看他们的话多么婉转如

意，句句字字打进人心坎里。还有一部《红楼梦》，里面的对话也极轻松，漂亮。此外汉代贾君房号为“语妙天下”，可惜留给我们的只有这一句赞词；明代柳敬亭的说书极有大名，可惜我们也无从领略。近年来的新文学，将白话文欧化，从外国文中借用了许多活泼的、精细的表现，同时暗示我们将旧来有些表现重新咬嚼一番。这却给我们的语言一种新风味、新力量。加以这些年说话的艰难，使一般报纸都变乖巧了，他们知道用侧面的、反面的、夹缝里的表现了。这对于读者是一种不容避免的好训练，他们渐渐敏感起来了，只有敏感的人，才能体会那微妙的咬嚼的味儿。这时期说话的艺术确有了相当的进步。论说话艺术的文字，从前著名的似乎只有韩非的《说难》，那是一篇剖析入微的文字。现在我们却已有了不少的精警之作，鲁迅先生的《立论》就是的。这可以证明我所说的相当的进步了。

达到了行云流水般的口语境界，所以作者称它人为“说话的经典”。

中国人对于说话的态度，最高的是忘言，但如禅宗“教‘人’将嘴挂在墙上”，也还是免不了说话。其次是慎言，寡言，讷于言。这三样又有分别：慎言是小心说话，小心说话自然就少说话，少说话少出错儿。寡言是说话少，是一种深沉或贞静的性格或品德。讷于言是说不出话，是一种浑厚诚实的性格或品德。这两种多半是生成的。第三是修辞或辞令。至诚的君子，人格的力量照彻一切的阴暗，

说话的多寡，以及说话的个性特点，都是与人的生长环境和受教育程度有密切关系。

用不着多说话，说话也无须乎修饰。只知讲究修饰，嘴边天花乱坠，腹中矛戟森然，那是所谓小人；他太会修饰了，倒教人不信了。他的戏法总有让人揭穿的一日。我们是介在两者之间的平凡的人，没有那伟大的魄力，可也不至于忘掉自己。只是不能无视世故人情，我们看时候，看地方，看人，在礼貌与趣味两个条件之下，修饰我们的说话。这儿没有力，只有机智，真正的力不是修饰所可得的。我们所能希望的只是：说得少，说得好。

对仗，简洁生动。

最后提出自己的观点。

阅读指导

在现代文坛上，谁都知道朱自清是一位具有重要地位的散文大家。由于他的《背影》《匆匆》《荷塘月色》《威尼斯》《桨声灯影里的秦淮河》等篇目实在太优秀，以至于像他有关“说话”的诸多精辟见解却被读者忽视。关于“说话”的见解和观点散见于一些文章中，而这篇《说话》则较为集中地表达了他的“说话”观。

朱自清在文中提出“说话并不是一件容易事”的观点，似乎有些稚拙，张口不就说吗？可朱自清却认为，因为说话关系到人情世故，而说话不能够像作文那样一个字一个字推敲，就不免有疏漏散漫的地方。他又在文章结尾处总结说“我们所希望的只是：说得少，说得好”，这里文字少句子短，却意蕴深远，启迪无穷。

“说话并不是一件容易事”。读朱自清的《背影》《荷塘月色》等，会感觉一缕堵塞不住的感情之泉，冲破作者的心扉汩汩而出，可以得出结论——朱自清有一支极其擅长抒情的椽笔。可是，这远远不是作为作家的朱自清的全部，看看本文的开头吧：“人生不外言动”，只用“言动”二字就将全部人生概括完了，这需要对生活、对人生有着多么深刻的思考与总结？接着又说“一半是在说话里”，平平的一句话，却准确地强调了“说话”在一个人的生命中所占的重要成分。

朱自清用“用笔如舌”的成语说明，说话的最佳境界是“行云流水”，是无需要先在说话前做“功力”的，要即兴而成，要出于心声，要自然流畅。一篇好的文学作品的境界也就不外乎如此。为了让人们有学习的榜样，朱自清还特地列出《左传》《国策》《世说》《红楼梦》等经典著作中对人物说话的描写。不过，话也未必说得越多越好，所以，在后面，朱自清又提出说话的最高境界是“忘言”，即将“将嘴挂在墙上”。可是，人长着一张嘴就是与动物不同，除了吃，还得说。那怎么办呢？朱自清告诉读者，说话的真正的最高境界应该是：“说得少，说得好。”此语作结全文，能让读者反思。

莱茵河

莱茵河发源于瑞士阿尔卑斯山中，穿过德国东部，流入北海，长约二千五百里。分上中下三部分。从马恩斯到哥龙算是“中莱茵”，游莱茵河的都走这一段儿。天然风景并不异乎寻常的好，古迹可异乎寻常的多。尤其是马恩斯与考勃伦兹之间，两岸山上布满了旧时的堡垒，高高下下的，错错落落的，斑斑驳驳的。有些已经残破，有些还完好无恙。这中间住过英雄，住过盗贼，或据险自豪，或纵横驰骤，也曾热闹过一番。现在却无精打采，任凭日晒风吹，一声儿不响。坐在轮船上两边看，那些古色古香各种各样的堡垒历历地从眼前过去；仿佛自己已经跳出了这个时代而在那些堡垒里过着无拘无束的日子。游这一段儿，火车却不如轮船，朝日不如残阳，晴天不如阴天，阴天不如月夜——月夜，再加上几点儿萤火，一闪一闪的在寻觅荒草里的幽灵似的。最好还得爬上山去，在堡垒内外徘徊徘徊。

这一带不但史迹多，传说也多。最凄艳的自然是脍炙人口的声闻岩头的仙女子。声闻岩在河东岸，

毕竟国内的读者大都没有去过莱茵河，所以用导游式的开头，先给读者一点方位感。

“不异乎”“可异乎”两句话反义对出，即把莱茵河的特点概括出来了。

只有被风景完全吸引的人，才会产生这样的想象，才会脱离身躯，神游起来。

美丽的传说，配上绝美的风景，不但让人流连忘返，更让人津津乐道。

高四百三十英尺，一大片暗淡的悬岩，嶙嶙峋峋的；河到岩南，向东拐个小湾，这里有顶大的回声，岩因此得名。相传往日岩头有个仙女美极，终日歌唱不绝。一个船夫傍晚行船，走过岩下。听见她的歌声，仰头一看，不觉忘其所以，连船带人都撞碎在岩上。后来又死了一位伯爵的儿子。这可闯下大祸来了。伯爵派兵遣将，给儿子报仇。他们打算捉住她，锁起来，从岩顶直摔下河里去。但是她不愿死在他们手里，她呼唤莱茵母亲来接她，河里果然白浪翻腾，她便跳到浪里。从此声闻岩下听不见歌声，看不见倩影，只剩晚霞在岩头明灭。德国大诗人海涅有诗咏此事；此事传播之广，这篇诗也有关系的。友人淦克超先生曾译第一章云：

传闻旧低徊，我心何悒悒。
两峰隐夕阳，莱茵流不息。
峰际一美人，粲然金发明，
清歌时一曲，余音响入云。
凝听复凝望，舟子忘所向，
怪石耿中流，人与舟俱丧。

这座岩现在是已穿了隧道通火车了。

哥龙在莱茵河西岸，是莱茵区最大的城，在全德国数第三。从甲板上看教堂的钟楼与尖塔这儿那儿都是的。虽然多么繁华一座商业城，却不大有俗尘扑到脸上。英国诗人柯勒列治说：

人知莱茵河，洗净哥龙市；
水仙你告我，今有何神力，
洗净莱茵水？

用诗句来颂扬哥龙市“不大有俗尘扑到脸”，此城市不但管理有方，更有文化意味了。

那些楼与塔镇压着尘土，不让飞扬起来，与莱茵河的洗刷是异曲同工的。哥龙的大教堂是哥龙的荣耀，单凭这个，哥龙便不死了。这是戈昔式，是世界上最宏大的戈昔式教堂之一。建筑在一二四八年，到一八八〇年才全部落成。欧洲教堂往往如此，大约总是钱不够之故。教堂门墙伟丽，尖拱和直棱，特意繁密，又雕了些小花，小动物，和《圣经》人物，零星点缀着；近前细看，其精工真令人惊叹。门墙上两尖塔，高五百十五英尺，直入云霄。戈昔式要的是高而灵巧，让灵魂容易上通于天。这也是月光里看好。淡蓝的天干干净净的，只有两条尖尖的影子映在上面，像是人天仅有的通路，又像是人类祈祷的一双胳膊。森严肃穆，不说一字，抵得千言万语。教堂里非常宽大，顶高一百六十英尺。大石柱一行行的，高的一百四十八英尺，低的也六十英尺，都可合抱；在里面走，就像在大森林里，和世界隔绝。尖塔可以上去，玲珑剔透，有凌云之势。塔下通回廊。廊中向下看教堂里，觉得别人小得可怜，自己高得可怪，真是颠倒梦想。

这就是我们通常所说的，哥龙大教堂是哥龙这个地方的文化符号。

教堂特点之一。

教堂特点之二。

教堂特点之三。

教堂特点之四。

阅读指导

1931年8月，朱自清留学英国，进修语言学和英国文学；借机漫游了欧洲五国，欧洲的威尼斯、巴黎、荷兰、罗马、柏林、莱茵河等地让朱自清难以忘怀，他将这些名胜美景一一写下，集成了《欧游杂记》一书。莱茵河便是其中的一篇。

莱茵河是德国最长的河流，全长1320公里，从瑞士发源，流经瑞士、德国、法国、荷兰四个国家。为了保护自然风景的原貌，莱茵河河谷段没有架设桥梁，往来两岸都靠轮渡。沿河两岸山坡上遍布葡萄园，点缀着无数罗马时代的古堡。

莱茵河两岸，沿着河岸，都是河流紧挨着公路，公路紧挨着铁路。在河的一边坐火车，可以隔河相望到对岸的火车、汽车，以及河上的游船和货运船。河的两岸遍布童话一般的村庄，尖顶的教堂，色彩鲜艳的木屋，山坡上星星点点的是中世纪的城堡，整面整面的山坡全都种满了葡萄。这么一道世界级的风景名胜，在朱自清的眼里和笔下又会是怎么的呢？

游记怎么写？三个字可以概括：游，观，感。

游：德国境内的莱茵河。更准确地说，朱自清游的是“中莱茵河”。可是，就这段莱茵河也有几十公里，如果一一写下来，便逃不脱记流水账，这时，就要懂得选材，即选择印象深的重点写。在朱自清笔下，旧时的城堡、声闻岩的仙女子和哥龙的大教堂便是他着重写的内容。记游得有游踪，他也是按浏览的先后顺序来写的。

观：有游即有观。观不可走马观花，那样，就不可能真正感受到浏览之趣了。在朱自清眼里，旧时堡垒是“高高下下的，错错落落的，斑斑驳驳的：有些已经残破，有些还完好无恙”，声闻岩是“一大片暗淡的悬岩，嶙嶙峋峋的”，而哥龙大教堂的门墙“雕了些小花，小动物，和《圣经》人物”，尖塔“淡蓝的天干干净净的，只有两条尖尖的影子映在上面”，大石柱“一行行的……都可以合抱”……如此细腻的描写，如刀刻似的立体形象，引人入胜。

感：有观则有感，无感不成游记。面对旧城堡，朱自清感慨过去英雄盗贼据险自豪，而今却无精打采；眺望声闻岩，联想到了关于仙女子的凄美传说，借用海涅的诗来抒发对仙女子的赞美，从而增添声闻岩的神秘与美丽特色；身临哥龙大教堂，“廊中向下看教堂里，觉得别人小得可怜，自己高得可怪，真是颠倒梦想”。

一篇优秀的游记，便是这样，引导人去游，去观，让读者在与作者共同享受“目游”胜景的同时，唤起心中对胜景的向往之情。

说 梦

伪《列子》里有一段梦话，说得甚好：

周之尹氏大治产，其下趣役者，侵晨昏而不息。有老役夫筋力竭矣，而使之弥勤。昼则呻呼而即事，夜则昏惫而熟寐。精神荒散，昔昔梦为国君：居人民之上，总一国之事；游燕宫观，恣意所欲，其乐无比。觉则复役人。……尹氏心营世事，虑钟家业，心形俱疲，夜亦昏惫而寐。昔昔梦为人仆：趋走作役，无不为也；数骂杖挞，无不至也。眠中啽呓呻呼，彻旦息焉……

意思是说，《列子》中的这段话，想表达的是苦与乐是变化的，也是由命运决定的；如果想梦中与醒来都只有快乐，哪里可能呢？

此文原意是要说出苦逸之复，数之常也；若欲觉梦兼之，岂可得邪？

这其间大有玄味，我是领略不着的；我只是断章取义地赏识这件故事的自身，所以才老远地引了来。我只觉得梦不是一件坏东西。即真如这件故事所说，也还是很有意思的。因为人生有限，我们若能夜夜有这样清楚的梦，则过了一日，足抵两日，过了五十岁，足抵一百岁；如此便宜的事，真是落得的。至于梦中的苦乐，则照我素人的见解，毕竟是梦中的苦乐，不必斤斤计较的。若必欲斤斤计较，我要大胆地说一句：他和那些在墙上贴红纸条儿，写着夜梦不祥，书破大吉的，同样地不懂得梦！

但庄子说道，至人无梦。伪《列子》里也说道，古之真人，其觉自忘，其寝不梦。——张湛注曰，真人无往不忘，乃当不眠，何梦之有？可知我们这几位先哲不甚以做梦为然，至少也总以为梦是不大高明的东西。但孔子就与他们不同，他深以不复梦见周公为憾；他自然是爱做梦的，至少也是不反对做梦的。——殆所谓时乎做梦则做梦者欤？我觉得至人、真人，毕竟没有我们的份儿，我们大可不必妄想；只看乃当不眠一个条件，你我能做到么？唉，你若主张或实行八小时睡眠，就别想做至人、真人了！但是，也不用担心，还有为我们掮木梢的：我们知道，愚人也无梦！他们是一枕黑甜，哼呵到晓，一些儿梦的影子也找不着的！我们徼幸还会做几个梦，虽因此失了至人、真人的资格，却也因此而得免于愚人，未尝不是运气。至于至人、真人之无梦和愚人之无梦，究竟有何分别？却是一个难题。我想偷懒，还是摭拾上文说过的话来答吧：真人……乃当不眠，……而愚人是一枕黑甜，哼呵到晓的！再加一句，此即孔子所谓上智与下愚不移也。说到孔子，孔子不反对做梦，难道也做不了至人、真人？我说，唯唯，否否！孔子是圣人，自有他的特殊的

至人，出于《庄子》，指具有很高的道德修养，超脱世俗，顺应自然而长寿的人。

摭拾，有选择地拾取。

地位，用不着再来争至人、真人的名号了。但得知道，做梦而能梦周公，才能成其所以为圣人；我们也还是够不上格儿的。

周公，为西周初期杰出的政治家、军事家、思想家和教育家，被尊为儒学奠基人。

我们终于只能做第二流人物。但这中间也还有个高低。高的如我的朋友P君：他梦见花，梦见诗，梦见绮丽的衣裳，……真可算得有梦皆甜了。低的如我：我在江南时，本忝在愚人之列，照例是漆黑一团地睡到天光；不过得声明，哼呵是没有的。北来以后，不知怎样，陡然聪明起来，夜夜有梦，而且不一其梦。但我究竟是新升格的，梦尽管做，却做不着一个清清楚楚的梦！成夜地乱梦颠倒，醒来不知所云，恍然若失。最难堪的是每早将醒未醒之际，残梦依人，腻腻不去；忽然双眼一睁，如坠深谷，万象寂然——只有一角日光在墙上痴痴地等着！我此时决不起来，必凝神细想，欲追回梦中滋味于万一；但照例是想不出，只惘惘然茫茫然似乎怀念着些什么而已。虽然如此，有一点是知道的：梦中的天地是自由的，任你徜徉，任你翱翔；一睁眼却就给密密的麻绳绑上了，就大大地不同了！我现在确乎有些精神恍惚，这里所写的就够教你知道。但我不因此诅咒梦；我只怪我做梦的艺术不佳，做不着清楚的梦。若做着清楚的梦，若夜夜做着清楚的梦，我想精神恍惚也无妨的。照现在这样一大串儿糊里糊涂的梦，直是要将这个我化成漆黑一团，却

在朱自清看来，圣人的境界高于至人与真人。孔子之所以被称为圣人，与至人、真人最大的一个区别就在他以周公为榜样，一心努力用事，希望用自己的常识为政治服务。

在朱自清看来，人人都不满足于现实，都希望在现实中得不到的东西，能在梦中出现。

有些儿不便。是的，我得学些本事，今夜做他几个好好的梦。我是彻头彻尾赞美梦的，因为我是素人，而且将永远是素人。

比如鲜花、自由、诗、绮丽的衣裳……

阅读指导

做梦本身是一个自然现象，但它不但与一个人的生理有关，也与一个人的心理有关。恐怕没有人不想做美梦，也没有人想做噩梦。朱自清也一样，但现实是他说自己没有做过清晰的梦。这是为什么呢？他在结尾时说道：“我得学些本事，今夜做他几个好好的梦，我是彻头彻尾赞美梦的，因为我是素人，而且将来永远是素人。”这话倒值得读者去玩味——做梦也是需要本事的，本事大就做好梦，本事小就做噩梦，没有本事就做不了梦。朱自清将一个人做不做梦，做怎样的梦与一个人的本事联系起来，这梦就非一般因生理现象而做的梦了，这梦便有了象征意义，可以理解为心愿、理想等。

朱自清先生在本文中的“说梦”与周公的“解梦”完全是风马牛不相及的两码子事；朱自清虽在“说梦”，但意在说理，在倡导一种正确的、积极向上的人生观与生活态度，而周公“解梦”是以虚幻的梦来解说现实中实实在在的事情，后者是完全不靠谱的唯心主义的迷信观。

朱自清说：“梦中的天地是自由的，任你徜徉，任你翱翔；一睁眼却就给密密的麻绳绑上了，就大大地不同了！”这里，用十分形象的语言，说明了人们为什么喜欢逐梦的原因——不满于生活现状，但又无力改变，便在虚幻世界中去抓获一种自由。所以，在朱自清看来，做梦也像是一种造诣，做梦竟会像是一种心愿，做不做梦，还可以分出能人之举和愚人之举。

朱自清在发表关于梦的观点与思想时，并没有自说话话，开篇便引用了《列子》的故事，有趣的故事本身增添了文章的可读性。

更重要的是引出了“梦”的话题，并得出了生命总是有苦有逸，就是在梦中也不可能只有逸无苦的观点。文章中讲到了庄子的“至人无梦”，又讲到了“愚人也无梦”，但都不是目的，目的在于与孔子的“梦周公”对比，从而肯定了孔子把以天下为怀的周公当成榜样，积极将自己的学识思想用于政治的人生态度与追求。从这点可以看出朱自清的人生态度，也为他不是一个“两耳不闻窗外事”的纯粹的文人，而是热爱民族与国家，成为民主战士找到了思想根源。

论诚意

以“诚”“伪”相对而出，以“君子”“小人”相对而出，将中心论题“诚意”从态度与品行两个层面开论。

诚伪是品性，却又是态度。从前论人的诚伪，大概就品性而言。诚实，诚笃，至诚，都是君子之德；不诚便是诈伪的小人。品性一半是生成，一半是教养；品性的表现出于自然，是整个儿的为人。说一个人是诚实的君子或诈伪的小人，是就他的行迹总算账。君子大概总是君子，小人大概总是小人。虽然说气质可以变化，盖了棺才能论定人，那只是些特例。不过一个社会里，这种定型的君子和小人并不太多，一般常人都浮沉在这两界之间。所谓浮沉，是说这些人自己不能把握住自己，不免有诈伪的时候。这也是出于自然。还有一层，这些人对人对事有时候自觉地加减他们的诚意，去适应那局势。这就是态度。态度不一定反映出品性来；一个诚实的朋友到了不得已的时候，也会撒个谎什么的。态度出于必要，出于处世的或社交的必要，常人是免不了这种必要的。这是世故人情的一个项目。有时可以原谅，有时甚至可以容许。态度的变化多，在现代多变的社会里也许更会使人感兴趣些。我们嘴里常说的，笔下常写的诚恳诚意

一般人从品性的角度来定论“撒谎”是否必要，但朱自清从“态度”的角度来认识这个问题，观点新鲜而有个人主张。

和虚伪等词，大概都是就态度说的。

但是一般人用这几个词似乎太严格了一些。照他们的看法，不诚恳无诚意的人就未免太多。而年轻人看社会上的人和事，除了他们自己以外差不多尽是虚伪的。这样用虚伪那个词，又似乎太宽泛了一些。这些跟老先生们开口闭口说人心不古，世风日下同样犯了笼统的毛病。一般人似乎将品性和态度混为一谈，年轻人也如此，却又加上了天真纯洁种种幻想。诚实的品性确是不可多得，但人孰无过，不论哪方面，完人或圣贤总是很少的。我们恐怕只能宽大些，卑之无甚高论，从态度上着眼。不然无谓的烦恼和纠纷就太多了。至于天真纯洁，似乎只是儿童的本分——老气横秋的儿童实在不顺眼。可是一个人若总是那么天真纯洁下去，他自己也许还没有什么，给别人的麻烦却就太多。有人赞美童心孩子气，那也只限于无关大体的小节目，取其可以调剂调剂平板的氛围气。若是重要关头也如此，那时天真恐怕只是任性，纯洁恐怕只是无知罢了。幸而不诚恳、无诚意、虚伪等等已经成了口头禅，一般人只是跟着大家信口说着，至多皱皱眉，冷笑笑，表示无可奈何的样子就过去了。自然也短不了认真的，那却苦了自己，甚至于苦了别人。年轻人容易认真，容易不满意，他们的不满意往往是社会改革的动力。可是他们也得留心，若是在诚伪的分别上认真得过了分，也许会成为虚无主义者。

人心不古，指现在的人的心地不淳朴而流于诈伪，没有古人厚道。

这里用了辨证地认识问题与分析问题的思维方法。对年轻人认真的态度从正反两面作了分析。

这是一段精辟的言论，这未尝不能成为很多过于自我，我行我素的人的箴言。

人与人事与事之间各有分际，言行最难得恰如其分。诚意是少不得的，但是分际不同，无妨斟酌加减点儿。种种礼数或过场就是从这里来的。有人说礼是生活的艺术，礼的本意应该如此。日常生活里所谓客气，也是一种礼数或过场。有些人觉得客气太拘形迹，不见真心，不是诚恳的态度。这些人主张率性自然。率性自然未尝不可，但是得看人去。若是一见生人就如此这般，就有点野了。

这样的观点符合凡事要有“度”的普遍规律。

即使熟人，毫无节制的率性自然也不成。夫妇算是熟透了的，有时还得相敬如宾，别人可想而知。总之，在不同的局势下，率性自然可以表示诚意，客气也可以表示诚意，不过诚意的程度不一样罢了。客气要大方，合身份，不然就是诚意太多；诚意太多，诚意就太贱了。

看人，请客，送礼，也都是些过场。有人说这些只是虚伪的俗套，无聊的玩意儿。但是这些其实也是表示诚意的。总得心里有这个人，才会去看他，请他，送他礼，这就有诚意了。至于看望的次数，时间的长短，请作主客或陪客，送礼的情形，只是诚意多少的分别，不是有无的分别。看人又有回看，请客有回请，送礼有回礼，也只是回答诚意。古语说得好，来而不往非礼也，无论古今，人情总是一样的。有一个人送年礼，转来转去，自己送出去的礼物，有一件竟又回到自己手里。他觉得虚伪无聊，

引用一个笑话故事来说明朱自清自己对诚信的理解，

当作笑谈。笑谈确乎是的，但是诚意还是有的。

又一个人路上遇见一个本不大熟的朋友向他说，我要来看你。这个人告诉别人说，他用不着来看我，我也知道他不会来看我，你瞧这句话才没意思哪！那个朋友的诚意似乎是太多了。凌叔华女士写过一个短篇小说，叫做《外国规矩》，说一位青年留学生陪着一位旧家小姐上公园，尽招呼她这样那样的。她以为让他爱上了，哪里知道他行的只是外国规矩！这喜剧由于那位旧家小姐不明白新礼数，新过场，多估量了那位留学生的诚意。可见诚意确是有分量的。

既让文章有可读性，更让观点有了有力的证据。

用喜剧故事来作为诚意不可过量的论据，让本来很严正的议论文露出一些幽默与轻松的气氛。

人为自己活着，也为别人活着。在不伤害自己身份的条件下顾全别人的情感，都得算是诚恳，有诚意。这样宽大的看法也许可以使一些人活得更有兴趣些。西方有句话，人生是做戏。做戏也无妨，只要有心往好里做就成。客气等等一定有人觉得是做戏，可是只要为了大家好，这种戏也值得做的。另一方面，诚恳，诚意也未必不是戏。

现在人常说，我很诚恳地告诉你，我是很有诚意的，自己标榜自己的诚恳，诚意，大有卖瓜的说瓜甜的神气，诚实的君子大概不会如此。不过一般人也已习惯自然，知道这只是为了增加诚意的分量，强调自己的态度，跟买卖人的吆喝到底不是一回事儿。常人到底是常人，得跟着局势斟酌加减他们的诚意，变化他们的态度；这就不免沾上了些戏味。西方还有句话，诚实是最好的政策，诚实也只是态度；这似乎也是一句戏词儿。

引用西方关于“诚实”的谚语为文章结尾，说这似乎是一句戏词，委婉地说明了现实生活还很欠缺“诚信”这种可贵的品质。

阅读指导

《论诚意》是朱自清先生的一篇议论性散文，朱自清的学生南克敬回忆说，1940年秋，朱自清在成都休假，住东门外宋公桥报恩寺。当时，他去请朱自清批改自己的文章，朱自清很热情，并拿了自己尚未发表的《论诚意》一文的手稿（修改稿）给他看，南克敬便从此文中学习了议论文的作法以及对文章认真修改的态度。

本文颠覆了通常人们认为的“诚实是君子之德，不诚实就是诈伪的小人”的论断，给予“诚伪”更符合社会生活实际的论断，而并非如儒家思想所示，武断地把“诚”与“伪”看成是人的品德唯一的评价准则。读过此文，会让我们在生活中更轻松，更随性。当然，这也是需要有一个度的，这个度就是要看选择“诚”或“伪”的处世态度时，是否会伤害自己的身份和是否顾及了他人的情感。

朱自清的这篇谈“诚意”的文章，虽然论题并不新鲜，但作者的认识与分析十分独到，字里行间处处显示着真知灼见。“品性一半是生成，一半是教养”，“态度不一定反映出品性来”，“言行最难得恰如其分”，“做戏也无妨，只要有心往好里做就成”，这些简朴的话里蕴涵着经验和智慧，足以为千百万读者解惑洗心。

论青年读书风气

《大公报》图书副刊的编者在“卷头语”里慨叹近二十几年来中国书籍出版之少。这是不错的。但是他只就量说，没说到质上去。一般人所感到的怕倒是近些年来书籍出版之滥；有鉴别力的自然知所去取，苦的是寻常的大学生中学生，他们往往是并蓄兼收的。文史方面的书似乎更滥些；一个人只要能读一点古文，能读一点外国文（英文或日文），能写一点白话文，几乎就有资格写这一类书，而且很快地写成。这样写成的书当然不能太长，太详尽，所以左一本右一本总是这些“概论”“大纲”“小史”，看起来倒也热热闹闹的。

“热热闹闹的”是反语，意在说明出书有量而无质。

供给由于需要，这个需要大约起于“五四”运动之后。那时青年开始发现自我，急求扩而充之，野心不小。他们求知识像狂病，无论介绍西洋文学哲学的历史及理论，或者整理国故，都是新文化，都不迟疑地一口吞下去。他们起初拼命读杂志，后来觉得杂志太零碎，要求系统的东西，“概论”等等便渐渐地应运而生。杨荫深先生《编辑〈中国文杨先生说这种文学史往往是“点鬼簿”，他自己的书要“把中国文学稍详细地叙述，而成有一个系统与一个次序”。

学大纲〉的意见》（见《先秦文学大纲》）里说得最明白：

在这样浩繁的文学书籍之中，试问我们是不是全部都去研究它，如果我们是个欢喜研究中国文学的话。那自然是不可能的，从时间上，与经济上，我们都不可能的。然而在另一方面说来，我们终究非把它全部研究一下不可，因为非如此，不足以满我们的欲望。于是其中便有聪明人出来了，他们用了简要的方法，把全部的中国文学做了一个简要的叙述，这通常便是所谓“文学史”。

用“架子书”来比喻那些看似有“系统”却缺少具体的内容的书，非常形象。

青年系统的趣味与有限的经济时间使他们只愿意只能够读这类“架子书”。说是架子书，因为这种书至多只是搭着的一副空架子，而且十有九是歪曲的架子。

青年有了这副架子，除知识欲满足以外，还可以靠在这架子上作文、演说、教书。这便成了求学谋生的一条捷径。有人说从前读书人只知道一本一本念古书，常苦于没有系统；现在的青年系统却又太多，所有的精力都花在系统上，系统以外便没有别的。但这些架子是不能支持长久的，没有东西填进去，晃晃荡荡的，总有一天会倒下来。

这个比喻句强调了读“架子书”的后果——不但无益，反会受其害。以此来比喻空洞无物的书再形象不过了。

从前人著述，非常谨慎。有许多大学者终生不敢著书，只写点札记就算了。印书不易，版权也不能卖钱。自然是一部分的原因；但他们学问的良心关系最大。他们穷年累月孜孜兀兀地干下去，知道的越多，胆子便越小，决不愿拾人牙慧，决不愿蹈空立说。他们也许有矫枉过正的地方，但这种认真的精神值得我们学习。现在我们印书方便了，版权也能卖钱了，出书不能像旧时代那样谨严，怕倒是势所必至；但像近些年来这样滥，总不是正当的发展。早先坊间也有“大全”“指南”一类书，印行全为赚钱；但通常不将这些书看作正经玩意儿，所以流弊还少，现在的“概论”“大纲”“小史”等等，却被青年当做学问的宝库，以为有了这些就可以上下古今，毫无窒碍。这个流弊就大了，他们将永不知道学问为何物。曾听见某先生说，一个学生学了“哲学概论”，一定学不好哲学。他指的还是大学里一年的课程；至于坊间的薄薄的哲学概论书，自然更不在话下。平心而论，就一般人看，学一个概论的课程，未尝无益；就是读一本像样的概论书，也有些好处。但现在坊间却未必有这种像样的东西。

拾人牙慧，比喻拾取别人的一言半语当作自己的话，也比喻窃取别人的语言和文章。

先摆出某先生的观点，再提出自己的异议，鲜明地表达自己的见解。

说“概论”“大纲”“小史”，取其便于标举；有些虽用这类名字却不是这类书，也有些确不用这类名字而却是这类书——如某某研究、某某小丛书之类。这种书大概篇幅少，取其价廉，容易看毕；可是系统全，各方面都说到一点儿，看完了仿佛什么都知道。编这种书只消抄录与排比两种工夫，所以略有文字训练的人都能动手。抄录与排比也有几等几样，这里所要的是最简便最快当的办法。譬如编全唐诗研究罢，不必去看全唐诗，更不必看全唐文，唐代其他著述，以及唐以前的诗，只要找几本中国文学史，加上几种有评注的选本，抄抄编编，改头换面，好歹成一个系统（其实只是条理）就行了。若要表现时代精神，还可以随便检几句流行的评论插进去。这种转了好几道手的玩意，好像掺了好几道水的酒，淡而无味，自不用说；最坏的是让读者既得不着实的东西，又失去了接近原著的机会，还养成求近功抄小路的脾气。再加上编者照例的匆忙，事实，年代，书名，篇名，句读，字，免不了这儿颠倒那儿错，那是更误人了。其实，"概论""大纲""小史"也可以做得好。一是自己有心得，有主张，在大著作之前或之后，写出来的小书；二是融会贯通，博观约取的著作：虽无创见，却能要言不繁，节省一般读者的精力。这两种可都得让学有专长的人做去，而且并非仓卒可成。

用"掺了好几道水的酒"来比喻抄抄编编、改头换面出版的书籍，从读者阅读的感觉角度否定了这种草率不负责的出版态度。

在前面否定了错误的出书观之后，在结尾处，明确表明自己的出书观，让本篇议论文有了完美的结尾。

阅读指导

读书伴随着朱自清走过了一生。他在上中学时，就极喜欢读书。当时家里每月给他一元零花钱，他大部分都交给家乡一家广益书局了，而且还常常欠账。引发他对哲学兴趣的一部《佛学易解》，就是从这家书局得到的。

后来到北京大学，朱自清懂得独立读书与钻研，读书一事更是如饥似渴。朱自清读书，不只是体现在勤与苦上，他还有自己的独特之处，这就是把读书和做人结合起来。从这篇朱自清于1934年写成的《论青年读书风气》一文可见一斑。在文中，他语重心长地告诫青年人该读什么书，还告诫写书的人又该写什么样的书，以及出版者该出版什么样的书。

朱光潜先生曾在《谈读书》一文中这样写道："书是读不尽的，就读尽也是无用，许多书没有一读的价值。你多读一本没有价值的书，便丧失可读一本有价值的书的时间和精力，所以你须慎加选择。"这样的观点与朱自清在本文中所倡导的青年人要多读内容具体的好书的观点如出一辙。只是，朱光潜只提出了这个观点，而朱自清则从当时的现状说起，批评了当时的写书人一味对"概论""大纲""小史"类书籍的热衷，而青年人在选择书籍时，又偏偏为了"系统"而对上述一类书趋之若鹜。

但本文还不仅仅是为青年人指出了读书的误区，也对学者们提出了善意的批评，批评他们著书立说时东拼西凑，缺少严谨态度，缺少思想性。这个似乎与"论青年读书风气"这一论题不相符合，但是，青年人毕竟缺乏主见，这就需要做学问与著书立说者为他们写出对他们真正有价值的好书，这样看来，文中的这个内容与主题是紧密相关的。

把栏杆拍遍

定价：18.00元

出版社：同心出版社

本书是由梁衡先生亲自挑选了20多篇适合中学生阅读的散文，有数篇已入选中学语文课本。再由上海复旦中学语文教师李郦点评。让中学生在读美文的同时，能够更深刻地理解作者的写作思路与写作技巧。

梁衡散文
中学生读本

定价：25.00元

出版社：同心出版社

梁衡先生是我国著名的散文作家，有多篇散文入选中学和大学课本，他为中学生亲自挑选了56篇最适合中学生阅读的散文，并亲自点评，就像一个和蔼可亲的老师，手把手地告诉学生应该如何选题、开头、用典、叙事、抒情等等。本次再版，梁衡先生亲自修订，新增加了一个单元，16篇散文，68段点评。以便让中学生能更深入、更全面地了解文章作法及阅读方法。

我的第一个师父
鲁迅散文中学生读本

定价：18.00元

出版社：同心出版社

本套书系是选取中学生比较熟悉的中国知名作家，每位作家精选美文40篇左右，再由语文特级教师对每篇美文进行点评，以便让读者可以更好地理解作者的为文思想，学习其作文方法与技巧。本书为鲁迅散文中学生读本，由重庆语文教师李锡琴点评。

为什么读书
胡适散文中学生读本

定价：18.00元

出版社：同心出版社

本套书系是选取中学生比较熟悉的中国知名作家，每位作家精选美文40篇左右，再由语文特级教师对每篇美文进行点评，以便让读者可以更好地理解作者的为文思想，学习其作文方法与技巧。本书为胡适散文中学生读本，由天津滨海新区语文特级教师陈秀征点评。

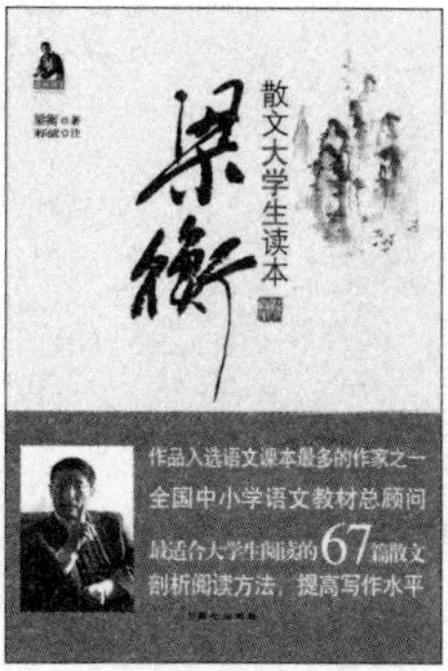

梁衡散文
大学生读本

定价：35.00元

出版社：同心出版社

梁衡是我国比较知名的散文作家，有多篇散文入选中学和大学课本，本书是梁衡专门大学生做的他的散文读本，精选了他比较有代表性的67篇散文，并由他的学生---清华大学新闻系博士来向武进行点评，以便指导大学生阅读，以提高其写作技巧和文学素养。

发现：数理化通俗演义

定价：35.00元

出版社：同心出版社

《发现：数理化通俗演义》（最新修订插图版）以栩栩如生的事例、深入浅出的语言、旁征博引的叙述、章回小说的体裁，为读者提供了一部难得的科普读物，为枯燥的数理化知识包上了“一层薄薄的糖衣”。

栏杆拍遍

定价：49.00元

出版社：同心出版社

关于“政治散文”，梁衡先生一直在追求有思想深度的文字怎么能通俗化、艺术化，所以为文往往选材大胆，语出惊人，言为百姓心声，却又文字明快、清丽，有古朴之美，被评论界称为一篇文章的影响力赛过一本专著或一个红头文件。

先方后圆

定价：49.00元

出版社：同心出版社

“哲理散文”是梁衡先生一贯的追求。在他的文章中无论写景、叙事、抒情总透出一种哲理之美，有隽永之效。这也是梁衡散文的一个重要特点,由景到理，由情到理，或由事到理，文章总能上升到理的高度，并给人以知识和美的享受。

图书在版编目（CIP）数据

我是扬州人 / 朱自清著 ; 李锡琴点评. —北京:
同心出版社, 2014.8
（全国语文特级教师推荐书系 / 梁衡主编）
ISBN 978-7-5477-1280-1

Ⅰ. ①我… Ⅱ. ①朱… ②李… Ⅲ. ①散文集—中国
—现代 Ⅳ. ①I266

中国版本图书馆CIP数据核字(2014)第190602号

我是扬州人

出版发行：同心出版社
地　　址：北京市东城区东单三条8-16号东方广场东配楼四层
邮　　编：100005
电　　话：发行部：（010）65255876
　　　　　总编室：（010）65252135-8043
网　　址：www.beijingtongxin.com
印　　刷：北京旺鹏印刷有限公司
经　　销：各地新华书店
版　　次：2014年9月第1版
　　　　　2014年9月第1次印刷
开　　本：880mm×1230mm 1/32
印　　张：7.5
字　　数：100千字
定　　价：18.00元